Rena Brauné

Zurück
ins Leben

Friedemanns

Geschichte

Rena Brauné: Zurück ins Leben.
Friedemanns Geschichte.
Cover-Gestaltung: Franziska Ciesielski

Autoren-Kontakt: renabraune@mail.de

*Die Geschichte mit ihren Personen,
Namen, Handlungen und Ereignissen ist
frei erdacht.Ähnlichkeiten mit der
Wirklichkeit sind zufällig und
unbeabsichtigt.*

Herstellung und Verlag: BoD – Books on
Demand, Norderstedt, 2021
ISBN 978-3-7543-4195-7

Die Personen, die in dieser Geschichte
eine Rolle spielen:

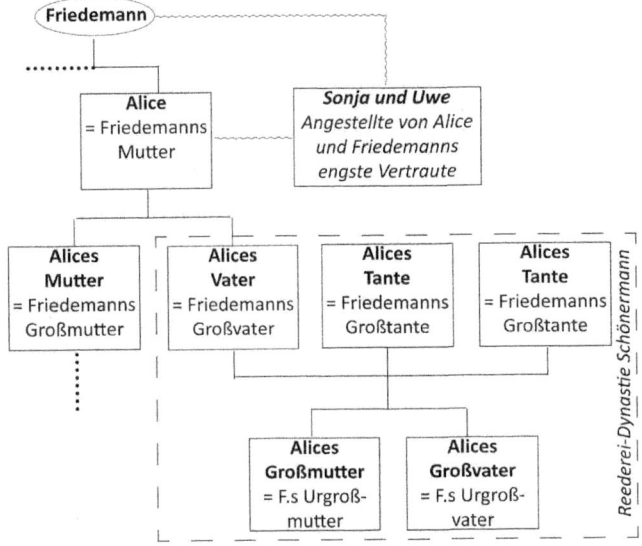

Inhalt

Prolog

Dieses Mal würden die Geldeintreiber ihn umbringen, wenn er seine Spielschulden bis Ende des Monats nicht zahlte. Das war so sicher wie das Amen in der Kirche.

Das Treffen mit seiner Tochter Alice würde seine letzte Chance sein, um das Geld aufzutreiben. Seit dem Tod seiner Mutter, die alle seine bösen Taten tief in ihr Herz verschlossen hatte, gab es keine finanzielle Unterstützung mehr für ihn. Seine Schwestern würden ihn sowieso lieber tot als lebendig sehen.

Wut stieg in ihm auf. Seiner Meinung nach war nur die Familie schuld an seiner Misere. Immer war er kurz gehalten worden. Immer hatte das Geschäft im Mittelpunkt gestanden. Die Reederei Schönermann war geradezu eine heilige Kuh.

Bei der Liebe der Eltern wurde er übergangen, nur seine Schwestern bekamen alles. Auch später fühlte er sich enttäuscht von seiner Frau und Tochter. Dass seine Tochter Alice ihm jetzt freiwillig einen sehr hohen Geldbetrag geben wollte, war die größte Überraschung seines Lebens gewesen.

Aber das Geld würde nicht ausreichen für seine Schulden. Er musste auch an das Haus am See kommen. Nur dann wären seine Geldsorgen verschwunden und sein Überleben gesichert.

Seinen Enkel Friedemann würde es zwar hart treffen, dass er das Haus nicht erben würde. Aber was ging ihn Friedemann schon an. Von ihm wusste er nicht mehr, als dass er seine Mutter Alice vergötterte. Und als junger Mann so auf seine Mutter fixiert zu sein, das war doch sowieso nicht normal. Wer weiß, was sich noch alles abspielte?

Aber was sollte er sich Gedanken darum machen, wichtig für ihn war nur, dass sein Plan für das Treffen mit Alice aufgehen würde.

Und wenn sie nicht freiwillig alles gab, würde er einfach etwas nachhelfen. Das hatte ja auch bei seiner Frau schon funktioniert. Skrupel kannte er nicht. Nur er war wichtig, nur er!

Schreckliches Erwachen

Laut schrillt der Wecker. Ein stechender Schmerz durchzuckt Friedemanns Kopf. Er tastet zur Uhr und stellt das grelle Klingeln ab. Der verdammte Schmerz überschwemmt ihn mit einer Welle von Übelkeit. Wieder Migräne. Friedemann kennt diese Anfälle, aber er will das alles nicht noch einmal durchmachen müssen. Die Zeit der nicht auszuhaltenden Schmerzen war ihm noch zu gut in Erinnerung. Jeden Tag und oft noch in der Nacht hatten ihn die Schmerzen überschwemmt. Seit zwei Jahren hatte ihn, Gott sei Dank, die Migräne kaum mehr geplagt. Er war dadurch ein anderer Mensch geworden. Wieso war das „Untier", wie er es im Stillen bei sich nannte, zurückgekehrt?

Vorsichtig greift er an seinen Kopf, um sofort mit einem erstaunten Aufschrei die Augen aufzureißen und seine Hand anzustarren. Was er zu fühlen geglaubt hatte, bestätigt sich, er hat Blut an der Hand. Obendrein starrt sie vor Dreck.

Friedemann versucht sich aufzurichten, muss sich aber sofort wieder zurück auf sein Kissen sinken lassen. Ein starker Schwindel erfasst ihn, sodass er sich an seine Bettdecke klammert und mit tiefen Atemzügen versucht, sich zu stabilisieren.

Was ist mit ihm los? Er fühlt sich völlig hilflos. Nichts ist so, wie es sein soll. Beim Öffnen der Augen hatte er festgestellt, die Sonne scheint in sein Schlafzimmerfenster. Schon das ist eine Sache der Unmöglichkeit, denn jeden Abend gibt es für ihn das gleiche Ritual: Fenster schließen, das Rollo herablassen, sodass das Licht der Straßenlaterne nicht bei ihm hereinscheinen kann. Danach legt er sich die Kleidungsstücke für den nächsten Tag zurecht. Auch da gibt es strenge Regeln: Für jeden Tag gibt es eine bestimmte Farbe für seine Krawatte und davon weicht er nie ab. Immer dezent. Nur am Sonntag ist er etwas frivol und trägt eine karierte Fliege und bändigt seine wilden Locken nicht mit Gel. Er braucht strenge Abläufe und alles muss eingeteilt sein, sonst kommt sein Leben erfahrungsgemäß völlig aus der Bahn.

Nachdem sich der Schwindel gelegt hat, öffnet Friedemann vorsichtig blinzelnd wieder die Augen. Tatsächlich, das Fenster ist noch halb geöffnet und das Rollo nicht herunter gezogen. Was ist hier los?

Der stechende Schmerz in seinem Kopf ist unerträglich und jetzt, wo er vorsichtig aus dem Bett steigt, rollt wieder eine Welle der Übelkeit über ihn hinweg. Er schaut an sich herunter und was er sieht, lässt ihn vor Entsetzen taumeln. Er trägt noch seine Sportkleidung von gestern Abend, von seiner täglichen Fahrradtour. An jedem Nachmittag, gleich nach Feierabend, fährt Friedemann mindestens eine Stunde mit dem Fahrrad in den nahe gelegenen Wald und von da aus bis zur kleinen Klinik und dann in einem großen Bogen zurück. Das braucht er für sein körperliches und seelisches Gleichgewicht. Er hat sich angewöhnt, seine Kamera mitzunehmen. So manch schöner oder komischer Schnappschuss ist schon dabei herausgekommen. Nur Menschen fotografiert er nicht mehr, seit seine Mutter fort ist. Er weiß, es ist Blödsinn, aber er ist abergläubisch und denkt oft, vielleicht habe ich sie zu oft fotografiert und damit ihre Seele belastet.

Schwankend klammert sich Friedemann am Türrahmen des Badezimmers fest. Mit Schaudern sieht er sich seinen Zustand genauer an. Seine Sportkleidung ist total verdreckt und blutig. Der Schmutz klebt teilweise dick verkrustet an seiner Hose und beim näheren Hinsehen entdeckt er Gras und Tannennadeln darin. Seine Hände sind zerkratzt und bis über die Handgelenke schwarz vor Dreck. Eine Schlammspur führt von der Tür ins Schlafzimmer, seine Turnschuhe liegen mitten im Raum herum.

Ein Unfall, ich muss einen Unfall gehabt haben, denkt er. Es gibt keine andere Möglichkeit. Oder hat man mich überfallen? Was ist passiert? Habe ich etwas getan? Ich kann mich an nichts erinnern. Nie hätte ich mich bei klarem Bewusstsein verschmutzt ins Bett gelegt, dafür bin ich viel zu pingelig mit meinen Sachen. Ich kann in Schmutz und Dreck nicht leben, das weiß ich genau. Seit ich damals mit den Händen in der Erde gewühlt habe und sie nicht wieder befreien konnte, ekele ich mich davor.

Als er sich Badezimmerspiegel sieht, schreit er entsetzt auf. Eine dicke, blutige Schramme zieht sich von der Stirn bis hinunter zum Kinn. Seine Augen wirken riesig und beim näheren Hinsehen sieht es aus, als wenn um seine Augenpartie Asche geschmiert wäre. Auch seine Haare starren vor Schmutz,

Tannennadeln und Gras, genau wie seine Sportkleidung.

Er denkt fieberhaft nach: Wo bin ich nur gewesen, was habe ich gestern gemacht? „Wer bist Du?", schreit er sein Spiegelbild an. „Das bin nicht Ich! Nein, das kann ich nicht sein. Ich bin ein ordentlicher, sauberer, ehrlicher Mann. Ja, das bin ich!", setzt er entschlossen hinzu.

Er dreht den Wasserhahn auf und hält seinen Kopf darunter. Mit Erleichterung sieht er den Dreck und das Blut im Abfluss verschwinden. Aber seine Gedanken werden auch nach dem kalten Guss zum Abschluss nicht klarer, im Gegenteil, es meldet sich wieder diese schrille Stimme in seinem Kopf, die er so oft in den Jahren zuvor hatte hören müssen: „Du und anständig und ehrlich! Dass ich nicht lache. Du weißt doch genau, was du getan hast. Denk an deine Mutter! Oder muss ich dich an Einzelheiten erinnern? Lalelu, nur der…", singt die Stimme heiser.

„Nein, nein, geh weg! Ich kann das nicht noch einmal ertragen," brüllt Friedemann. Er klopft sich auf den Kopf, zieht an seinen Ohrläppchen und schlägt sich kräftig auf die Wangen. Da, die Stimme ist still.

Erleichtert geht er zum Schrank, um sich seine Kleidung für den Tag herauszusuchen. Welcher Wochentag ist heute? Wenn heute Mittwoch ist, muss ich die grün gestreifte Krawatte nehmen. Rosa würde schön dumm gucken, wenn ich mit einer falschen Krawatte bei ihr aufkreuzen würde. Sie weiß genau über meine Gewohnheiten Bescheid und macht oft ihre Witze darüber. Ich höre sie schon sagen: „Ach, ich sehe heute ist Dienstag, mein liebster Brüno. Ohne dich und deine Krawatten wüsste ich oft nicht, welcher Tag gerade ist." Rosa nennt ihn immer Brüno, spricht den Namen französisch aus, Brüno statt Bruno. Um ihn dann schelmisch anzugrinsen. Auch das Zusammentreffen mit Rosa gehört zu Friedemanns Ritualen.

Jeden Morgen geht er in das Café gegenüber seines Wohnhauses. Gleich nachdem er hier eingezogen war, war er rüber gegangen, hatte sich ein Croissant gekauft und sich seine Thermoskanne mit Kaffee füllen lassen. Fremdes Geschirr konnte er beim besten Willen nicht benutzen, davor grauste es ihn. Und gleich an diesem ersten Tag hatte ihn Rosa ins Visier genommen. Sie hatte ihn prüfend umkreist, in sein Gesicht geschaut und zustimmende Laute von sich gegeben, bevor sie sagte: „Endlich mal ein gutaussehender Neuzugang. Und jung, lass mich raten, fünfundzwanzig Jahre? Und diese schwarzen Haare, ich wette, dass Du wilde Locken hast, wenn Du das Gel weglässt. Und Deine Augen, so dunkel wie ein Franzose. Wie heißt Du?"

Friedemann hatte gerade seinen zweiten Vornamen Eric sagen wollen, denn niemand sollte ihn mehr Friedemann nennen, aber er war völlig überrumpelt und bekam seine

Stimme nicht unter Kontrolle. Da legte Rosa schon wieder los: „Du heißt Brüno, ich weiß es, es muss etwas Französisches sein. Pierre, komm mal schnell her, ich möchte dir Brüno vorstellen." Pierre hieß eigentlich Peter, aber auch ihn hatte Rosa, die alles Französische liebte, umbenannt.

Pierre grinste Friedemann an, klopfte ihm leicht auf die Schulter und sagte: „Willkommen im Club. Bei Rosa muss alles, was sie mag, französisch sein. Mach dir nichts draus! Solange wir uns keinen Schnurrbart wachsen lassen müssen oder eine Baskenmütze tragen, um echter zu wirken, ist alles in Ordnung. Zu Rosas Lieblingen zu gehören, das hat nur Vorteile, denn sie kennt hier jeden und hat immer einen guten Rat parat."

So war Friedemann zu "Brüno" avanciert und in den Kreis von Rosa und Pierre aufgenommen. Er war zwar keine fünfundzwanzig mehr, sondern stand kurz vor seinen dreißigsten Geburtstag, aber das hat er nie richtiggestellt bei Rosa. Sein Alter hatte für ihn nie ein Rolle gespielt, dafür hatte er viel zu viel Zeit seines Lebens verloren, zwei ganze Jahre, schreckliche zwei Jahre, in denen er nicht gelebt hatte. Daran wollte er nie mehr denken.

Rosa und Pierre gehörte das Café, sie waren aber kein Paar. Das Geschäft lief gut, dank Rosas netter, lustiger Art. Für jeden hatte sie ein Lächeln oder einen Spruch parat. Aber in ihre Seele ließ sie niemanden blicken. Nur zu Brüno hatte sie mal im Vertrauen gesagt: „Ich weiß, du schleppst auch eine schwere Last mit dir herum, genau wie ich."

Manchmal, wenn Pierre zu viel gekocht hatte und Friedemann am Abend von seiner Radtour zurück kam, baten sie ihn, mit ihnen zusammen zu essen. Friedemann hatte den Verdacht, dass Pierre absichtlich mindestens einmal im Monat zu viel von seiner wunderbaren Zwiebelsuppe oder dem Gulasch kochte, um ihn einladen zu können.

Für Friedemann blieben diese Einladungen immer etwas ganz besonderes. Die Stimmung war gelöst, er fühlte sich ein bisschen zugehörig zu den beiden und in dieser familiären Atmosphäre hatte er auch keine Schwierigkeiten, von einem fremden Teller zu essen. Sie redeten über Gott und die Welt. Nur nicht von ihrer Vergangenheit, das war für alle drei ein unausgesprochenes Tabuthema. Friedemann kam es sehr gelegen, dass die Vergangenheit bei diesen Einladungen kein Thema war, denn was hinter ihm lag, wollte er nur noch vergessen.

Es gab tatsächlich nicht viel, woran er sich gerne hätte erinnern mögen. Auf jeden Fall weder an die Urgroßmutter noch an das Haus am See, in dem er aufgewachsen war. Auch nicht an Alice, seine schöne Mutter mit ihrer wunderbaren, volltönenden Stimme, die für klassische Partien genauso gut geeignet war wie für Chansons. In der ganzen Welt war sie aufgetreten.

Friedemanns Kindheit

Schon als Baby war Friedemann bei den Auftritten seiner Mutter hinter der Bühne gewesen, auf dem Arm seines Kindermädchens Sonja. Nie hätte er dann geweint, wurde ihm erzählt.

Sonja war aus Schweden, sie war als Aupair-Mädchen zu ihnen nach Hamburg gekommen und geblieben, weil sie hier bei einem von Alices Konzerten ihre große Liebe gefunden hatte. Uwe war Tontechniker und bei den beiden hatte die Liebe wie ein Blitz eingeschlagen. Damit sie in Hamburg bei Uwe bleiben könnte, hatte Sonja Alice um Entlassung aus ihrem Arbeitsvertrag gebeten, mit Tränen in den Augen, weil sie Friedemann und ihre Arbeit auch liebte, nur eben anders.

Friedemanns Mutter war völlig ratlos, denn nur Sonja war es zu verdanken, dass ihr Leben reibungslos lief. Sie hatte alle Termine, den Haushalt und das Baby Friedemann voll im Griff, obwohl sie noch so jung war. Wie sollte sie auf Sonja verzichten können? Alice wusste aber gleichzeitig, dass man gegen die Liebe nichts machen kann, und sie Sonja würde gehen lassen müssen.

Dass es nicht so weit kam, war Alices Großmutter zu verdanken, also Friedemanns Urgroßmutter. Seine eigenen Großeltern, Alices Eltern, kannte er kaum. Alices Mutter kam im Sommer zwar gelegentlich zu Besuch an den Starnberger See, aber ihren Vater bekam er überhaupt nicht zu Gesicht. Nur manchmal hörte er, wie über ihn gesprochen wurde, aber wenn Friedemann in die Nähe kam, schwiegen alle.

Friedemanns Urgroßmutter sorgte dafür, dass auf ihrem Anwesen am Starnberger See das Gartenhaus umgebaut wurde, damit es ständig bewohnbar war. Dort konnten Sonja und Uwe wohnen und für Uwe ließ sie in dem Haus nach seinen Plänen ein Tonstudio einrichten. So würde er mit Alice dort Aufnahmen produzieren können. Außerdem war Uwe ein geschickter Handwerker und würde kleinere Reparaturen auf dem Anwesen übernehmen können. Friedemanns Urgroßmutter ging sogar so weit, dass sie den beiden eine wunderschöne Hochzeit ausrichtete.

Und so begleitete Sonja auch nach ihrer Heirat Alice zu ihren Auftritten. Sie waren so vertraut miteinander, dass sie auch Schwestern hätten sein können. Oft musste Sonja Alice beruhigen, wenn die zweifelte, ob sie die nächste Tournee überhaupt durchstehen würde. Alice weinte dann und schimpfte auf sich und auf die Welt. Sonja tröstete und backte einen Kuchen und wenn Uwe dann mit einer Aufnahme kam, die sie in letzter Zeit aufgenommen hatten, und ihr versicherte: „Wow, Du bist so gut wie noch nie!", dann, ja dann war die Welt für Alice wieder im Lot.

Friedemann hätte, bis er zur Schule kam, auch immer zu den Auftritten mitkommen dürfen, aber immer öfter wollte er lieber bei Uwe bleiben. Das war für ihn viel interessanter, denn das Leben hinter der Bühne kannte er ja schon. Uwe zeigte ihm, wie man eine Pfeife aus Weidenrohr schnitzt, aus der man sogar ein paar Töne heraus bekam. Außerdem gab es zu Hause am Starnberger See jetzt auch Kaninchen und Hühner, die versorgt werden wollten und mit denen man spielen konnte, hinter der Bühne war es im Vergleich dazu langweilig.

Urlaub machten Sonja und Uwe nur, wenn es zwischen zwei Tourneen längere Pausen gab. Sie besuchten dann Sonjas Familie in Schweden. Für die Zeit ihrer Abwesenheit regelte Sonja vorher alles. Jeden Tag kam eine Frau aus dem Dorf und kümmerte sich um den Haushalt und ihr Mann besorgte den Garten. Alles lief also reibungslos weiter, aber es war trotzdem nicht dasselbe. Nicht nur

Friedemann fehlten die beiden, auch Alice war nach einer Woche nicht mehr sie selbst. Erst nach der Rückkehr von Sonja und Uwe war alles wieder gut.

So ging das Leben dank Sonja und Uwe im Großen und Ganzen einen wunderbar geregelten Gang. Heute noch denkt Friedemann oft: Wie hätten wir das alles nur geschafft ohne die beiden?

Die Zeit im Internat

Auch als Friedemann mit vierzehn Jahren in ein Schweizer Internat kam, waren es Sonja und Uwe, die ihn hinbrachten, weil seine Mutter den Abschied nicht verkraftet hätte. Es waren Sonja und Uwe, die ihn dort besuchten, es war Sonja, die ihn tröstete, wenn er Heimweh hatte, und Uwe, der ihn für die Ferien nach Hause holte.

Die Jahre im Internat waren sehr einsam für Friedemann, er war und blieb ein Außenseiter. Schon sein Name, nicht nur sein Vorname, sondern auch sein Nachname Schönermann sorgte für hämische Bemerkungen seiner Mitschüler: „Ein schöner Mann, der Frieden macht" oder „Es gibt keinen so schönen Mann wie Friedemann" oder nur „das schöne Friedemännchen". Letzteres hasste er am meisten, weil er die Ironie wohl verstand. Denn er wusste selbst, dass er wirklich kein schöner Junge war. Er war dick - nicht etwa vollschlank, nein, dick. Sein Gesicht noch ganz Babyface, mit dem ersten Ansatz zum Bart und mit vielen Pickeln.

Dass er sich zu einem schlanken, einen Meter fünfundachtzig hohen, gutaussehenden Mann entwickeln würde, hätte er damals selbst im Traum nicht geglaubt, auch wenn seine Mutter ihm damals immer wieder versichert hatte, er würde später genauso gut aussehen wie sein Vater, der ein großer, gutaussehender Mann mit schwarzen wilden Locken gewesen war. Von seinem Vater gab es leider nur ein einziges Foto, zusammen mit Alice.

Auf Friedemanns Frage, wo sein Vater sei, hatte seine Mutter ihm erklärt, es gäbe ihn nicht mehr. Seine Familie, die uraltem, verarmtem Adel aus Italien angehörte, hätte sie nie akzeptiert und als sie ihm mitgeteilt hätte, dass sie schwanger sei, wäre er am nächsten Tag weg gewesen. „Ich liebe dich so, wie du bist", hatte sie ihn zu trösten versucht und ihn ganz fest in ihre Arme genommen. Aber für den vierzehnjährigen pickeligen Teenager war es wahrlich kein Trost, dass ihn die eigene Mutter liebte: Die muss ihr Kind schließlich lieben, das ist ihre Pflicht, auch wenn sie eine weltbekannte Sängerin ist, dachte Friedemann manchmal trotzig. Und wie hatte sie ihm überhaupt nur diesen schrecklichen Namen geben können?

So oft er sie auch danach fragte, immer bekam er eine ausweichende Antwort: Das sei in ihrer Familie so üblich, der Name des Firmengründers müsse weitergegeben werden. Die Dynastie müsse weiter bestehen. In späteren Jahren würde er einen bösen Streit mit seiner Mutter deswegen haben: Er hatte sich bei Studienbeginn an der Universität mit seinem zweiten Vornamen Eric eingetragen. Als Alice das heraus bekam, beschimpfte sie ihn: „Du bist undankbar und verwöhnt. Ich hätte das alles nie für dich bezahlen können, wenn mich nicht meine Familie immer unterstützt hätte. Ich verdiene zwar gutes Geld, aber es kostet auch alles sehr viel und die letzten Jahre konnte ich keine Tourneen machen. Man will mich nicht mehr so oft sehen."

Seinen Einwand, dass sich doch schon während seines Studiums abzeichnete, dass er mit der Familiendynastie und der Firma nichts zu tun haben würde, wischte sie einfach weg. Sie brach in Tränen aus und sagte mit erstickter Stimme: „Wenn meine Großmutter mir nicht schon zu Lebzeiten das Haus am Starnberger See vermacht hätte, könnten wir nicht so repräsentativ wohnen und dein Studium wäre völlig unmöglich. Was würdest du dann wohl sagen! Und jeden Monat bekommen wir Geld von der Familie, damit wir so gut leben können. Also hör auf, über deinen Namen zu jammern. Sei lieber stolz darauf. Es ist ein alter guter Name, der vielen Menschen Arbeit gibt."

Erst da wurde ihm so richtig bewusst, wie prädestiniert sie lebten, und er begann sich für die Familiengeschichte der Mutter zu interessieren.

Als Friedemann mit sechzehn Jahren schrecklichen Liebeskummer hatte, unternahm Uwe mit ihm für einige Tage einen Trip zum Gardasee. Er hatte eine Vollmacht der Mutter dabei, von der Friedemann wusste, dass sie gefälscht war, denn zu der Zeit war sie gerade in Kanada auf Gastspielreise. Sie zelteten direkt am See. Uwe zeigte ihm die vielen pittoresken Orte, die am Ufer des Sees lagen. Mit dem Motorboot fuhren sie auf den See hinaus. Bei Nacht schauten sie in den Sternenhimmel. Sie kletterten im umliegenden Gebirge. Schnell merkte Friedemann angesichts von so viel Schönheit, wie klein sein Kummer eigentlich war und dass niemand es wert ist, sich selbst zu vergessen.

Vorher allerdings war sein Kummer groß gewesen. Denn der Junge, in den er sich verliebt hatte, hatte ihn erst dazu ermuntert, sich zu seinen Gefühlen zu bekennen, und ihn dann schmählich verraten und hintergangen.

Friedemann hatte damals, als ihn die Schulkameraden immer hänselten und weil er sich selbst so unhübsch fand, mit Sport angefangen. Er joggte, schwamm und machte Kraftsport. Das hatte ihm gut getan, er war schlank geworden und seine Haut reiner. Außerdem war er ein ordentliches Stück in die Höhe geschossen. Seine wilden schwarzen Locken trug er jetzt halblang. Seine Mutter hatte recht behalten, er sah jetzt dem attraktiven Mann auf dem Foto, der sein Vater war, sehr ähnlich.

Dass die Mädchen hinter ihm herschauten, bekam Friedemann allerdings nie mit, weil er nur Augen für Fabian hatte. Der hatte ihm zu verstehen gegeben, dass auch er in ihn verliebt sei. Bis der Tag der Wahrheit kam.

Friedemann hatte nach dem Duschen gemerkt, dass er sein T-Shirt in der Turnhalle vergessen hatte. Schon im Vorraum zur Halle stellte er einen starken Parfümgeruch fest, der ihm bekannt vorkam. Er hatte sein T-Shirt schon in der Hand und wollte gehen, da hörte er aus dem Nebenraum ungewöhnliche Geräusche.

Neugierig geworden schlich er sich heran und hörte Stöhnen, er glaubte, Fabians Stimme zu erkennen. Zuerst sah er nur zwei Füße in Turnschuhen, die hinter den gestapelten Sprungkästen herausragten. Und dann sah er auch noch einen Frauenkopf mit wilden roten Locken: die Musiklehrerin! Sie hatte die Augen fest geschlossen, wippte auf und ab und stieß mit heiserer Stimme den Namen Fabian aus.

Friedemann war wie versteinert, aber er musste Gewissheit haben und trat um die Sprungböcke herum. Ja, da lag sein geliebter Fabian keuchend und verschwitzt.

Es dauerte nur einen kurzen Moment, bis die beiden ihn bemerkten. Die Lehrerin sprang entsetzt hoch. Ihre Sachen an sich raffend, warf sie Friedemann giftige Blicke zu und beschimpfte ihn beim Vorbeigehen mit „Kretin".

Und Fabian? Der lachte und konnte sich überhaupt nicht wieder beruhigen. Grinsend fragte er: „Na, hast Du alles mitgekriegt?". Betont lässig kam er hoch, um sich seine Sportkleidung wieder anzuziehen. „Das ist aber auch eine heiße Alte. So wild wie eine Tigerin. Naja, sie bekommt zu Hause ja auch nur Eintopf. Nun guck nicht so, hast Du gedacht, ich bin nur für dich da? Ach, mein kleines Friedemännchen!"

Das „Friedemännchen" gab den Ausschlag, er verprügelte Fabian nach Strich und Faden, erst Fabians Nasenbluten ließ ihn aufhören.

Dann rief Friedemann Uwe an und bat, dass er ihn aus dem Internat abholte. „Ich werde auf keinen Fall hier bleiben", erklärte er, mehr nicht. Als Uwe wenige Stunden später ankam, erzählte ihm Friedemann unter

Tränen, was passiert war. „Ich kann die beiden nicht mehr ertragen. Mir wird schon übel, wenn ich nur an sie denke. Ich will nur noch weg!"

Aber da hatte er nicht mit Uwe gerechnet: „Nein", erklärte der ihm, „nicht du gehst, die beiden werden gehen. Und das mit Karacho!"

Wie immer, wenn es eine brenzlige Situation gab, wurde die Urgroßmutter informiert. Überall hatte sie ihre Kontakte und auch in Friedemanns Internat kannte man sie. Sie hatte selbst ihre Schulzeit dort verbracht und ihre Familie war seit jeher ein wichtiger Sponsor. Die Lehrerin musste noch am selben Tag ihre Sachen packen und Fabians Eltern wurden informiert, dass ihr Sohn nicht länger in diesem Internat bleiben könne, einen Tag später wurde er abgeholt.

So war alles bereinigt, als Uwe nach drei Tagen Friedemann zurück ins Internat brachte. Er wurde nie von der Leitung auf den Vorfall angesprochen. Die Mitschüler tuschelten zwar über das Verhältnis der Lehrerin mit Fabian, aber nie wurde Friedemann damit in Verbindung gebracht, dass beide das Internat hatten verlassen müssen.

Nach einiger Zeit kehrte wieder Ruhe ein, aber Friedemann konnte den Verrat nie vergessen. Seitdem war er wieder der Eigenbrötler. Dass ihn seine Zurückhaltung für die Mädchen noch interessanter machte, bemerkte er nicht einmal.

*

Bevor Friedemann zum Studium nach England ging, als Abschluss seiner Kindheit und Jugend sozusagen, machte seine Mutter mit ihm eine Weltreise, vier Monate waren sie normale Touristen. Alice machte in dieser Zeit neue Pläne für ihre Karriere. Sie wollte in Zukunft mehr Chansons singen und damit vor einem kleineren Publikum auftreten. Auf dieser Reise sang sie oft nur für Friedemann, zurechtgemacht wie für eine große Bühne.

Wenn sie so im Abendkleid, geschminkt und mit Brillanten geschmückt, vor ihm stand und sang, war seine Mutter für Friedemann wie eine fremde, schöne Frau. Er konnte gut verstehen, dass sie von den Männern angebetet wurde und sie ihre Nähe suchten. Seine Mutter hatte ihm allerdings nie einen Mann vorgestellt, der ihr etwas zu bedeuten schien und mit dem sie eventuell intim war. Sie hatte Friedemann vielmehr immer zu verstehen gegeben, dass nur er wichtig sei und nie ein Dritter ihren Zusammenhalt stören solle.

Trotzdem fiel die Verabschiedung durch Sonja und Uwe tränenreicher aus als die durch die Mutter, als Friedemann nach der Weltreise zum Studium in England aufbrach. Auch Friedemann schmerzte der Abschied von den beiden mehr als der Abschied von

Alice. Bei Sonja und Uwe hatte er sich immer gefühlt, als wären sie seine Eltern, während seine Mutter eine Göttin war, die man anbetete und die er verehrte. Wenn er Kummer gehabt hatte oder als Kind hingefallen war, hatte er nach „Sonni" gerufen und nicht nach seiner Mutter. Immer hatte er sich bei ihnen sicher und gut aufgehoben gefühlt und er wusste, dass sie ihn liebten und dass sie aus Chaos Ordnung machen konnten.

Das würde sich auch später wieder zeigen, als sein Großvater entsetzliches Unglück über sie brachte. Ohne Sonja und Uwe, die ihre Nerven behielten, würde er das nicht überlebt haben. Und auch ohne seine Urgroßeltern nicht.

Familie Schönermann

Nachdem Friedemann zu Beginn seines Studiums wegen seines Vornamens mit seiner Mutter hart aneinander geraten war, hatte er sich von seiner Urgroßmutter, Alices Großmutter, die Familiengeschichte und Familientraditionen erklären lassen. Sie zeigte ihm den Stammbaum und brachte ihm mit vielen Geschichten die Entstehung der Reederei näher.

Die Familie seiner Mutter gehörte zu einer bekannten Hamburger Reeder-Dynastie und brachte schon seit Generationen Waren aus Asien und Südamerika nach Hamburg. Nie hatten sie sich mit dem Passagiergeschäft abgegeben, auch nicht in den Zeiten der großen Auswanderungswellen. Viele hatten damals die Familie spöttisch als rückständig ausgelacht und sogar in der Familie selbst gab es einige, die drängten, man sollte doch die Zeichen der Zeit erkennen. Mit Fracht könnte man kein Geld verdienen und jedes Mal wäre es ein großes Risiko, war die Meinung.

Aber das damalige Familienoberhaupt war strikt dagegen. „Ich habe mir die Unterkünfte für die Passagiere, die nicht Erster Klasse fahren, angesehen, entsetzlich. Ich bin kein Menschenhändler, ich kann das nicht verantworten. Es würde unseren guten Namen ruinieren." Später, als diese Art, die Auswanderer zu transportieren, in Verruf kam, hatten es dann angeblich schon alle in der Familie gewusst und alle waren natürlich immer gegen solche Transporte gewesen.

Friedemanns Urgroßmutter hatte das noch miterlebt. Sie war zur Selbständigkeit erzogen worden und hatte einen Kaufmannssohn, dessen Familie mit Tuchen handelte, geheiratet. Er war ihre große Liebe und sie muss die seine gewesen sein, denn er war sofort bereit, ihren Familiennamen anzunehmen. Später hat er die Reederei geleitet, als stille Eminenz im Hintergrund.

Sechs Kinder hatten die beiden, nur drei überlebten. Eines der Kinder war ein Junge, immer etwas kränklich und ohne Durchsetzungsvermögen gegenüber seinen Schwestern, beides robuste Naturen.

Auch als der Sohn erwachsen war, gab seine Mutter in der Reederei das Heft nicht aus der Hand, auch nicht, nachdem ihr Mann gestorben war, und seine Schwestern ließen ihn ebenfalls spüren, dass sie ihn nicht brauchten. So war er oft auf Reisen und zur Kur. Bei einem Kuraufenthalt lernte er auch seine spätere Frau kennen, ebenfalls aus wohlhabendem Haus.

Wie so viele Hugenotten hatten die Vorfahren der Frau im 18. Jahrhundert aus Frankreich fliehen müssen. In Hamburg hatten sie dank früherer Geschäftspartner schnell Fuß fassen können und ihre Kinder hatten klug geheiratet. Seit Generationen wurden in ihren Fabriken kostbare Stoffe hergestellt. Die Nachfrage war groß und jeder, der etwas auf sich hielt, wollte diese wunderschönen Seidenstoffe besitzen. Hamburger Kaufleute protzten zwar nicht mit ihrem Besitz, aber man wollte doch bei gewissen Gelegenheiten zeigen, was man hatte. Ebenso hielt es der Tuchfabrikant: Der Firmenname Giroud war zwar in aller Munde, aber nach außen hin blieb die Familie immer bescheiden.

Und nun stand die Eheschließung der Tochter des Tuchfabrikanten mit dem Sohn einer Reedereifamilie an. Beide Familien waren froh, dass die zwei, deren Blütezeit schon vorbei war, sich gefunden hatten. Auch ansonsten würden sie gut zueinander zu passen, glaubten die Eltern, da beide etwas empfindlich waren, was die Gesundheit anging.

Gleich nach der Hochzeitsreise konnte das frischgebackene Ehepaar die frohe Botschaft verkünden: „Wir sind guter Hoffnung."

Unter großen Schwierigkeiten und schrecklichen Schmerzen, wie Friedemanns Großmutter immer wieder gern erzählte, wurde ihre Tochter geboren, Alice, die später Friedemanns Mutter wurde. Nach dieser Produktion einer Erbin für die Reederei sah die ja nicht mehr so junge Ehefrau ihre Aufgabe als erfüllt an. Ihrem Ehemann beschied sie, er solle sich woanders seine Wollust erfüllen lassen.

Alice wuchs mit Kindermädchen und Hauslehrer auf. Bis ihre Großmutter, die die Entwicklung des Kindes kritisch im Auge behielt, dem energisch ein Ende setzte. Alice kam in eine reguläre Schule und blühte auf.

Was vorher ein schmales blasses Kind war, wurde zu einem fröhlichen Frechdachs, der auf Bäume kletterte und sich mit Jungen prügelte, weil die gemein waren und Frösche tot traten. Dem Lehrer passte das überhaupt nicht. So ein Auftreten zieme sich nicht für ein Mädchen, schrieb er Alices Eltern, sie müsse gemaßregelt werden, solch renitente Mädchen könnten in der Schule nicht geduldet werden, man möge ihn doch bitte zur Klärung des weiteren Vorgehens aufsuchen.

Alices Eltern fühlten sich überfordert, so ging ihre Großmutter an ihrer Stelle zum Lehrer und blies dem Lehrer gehörig den Marsch: In welcher Zeit er denn lebte und ob er es gut heißen würde, wenn die Jungen Lebewesen töteten. Dem Lehrer blieb nichts weiter übrig, als sich viele Male zu entschuldigen.

Ja, so war Alices Großmutter, immer für die gerechte Sache. Alices Eltern waren froh, dass sich mehr und mehr die Großmutter um die Erziehung des quirligen Kindes kümmerte. Auch als sie in der Schule feststellten, welch schöne Stimme Alice hatte und dass sie gefördert werden sollte, schoben ihre Eltern die Verantwortung ganz der Großmutter zu.

Aber zu der Zeit war Alice ohnehin schon mehr bei ihrer Großmutter und ihren beiden

Tanten, die auch Freigeister waren, als bei ihren Eltern. Ihre Mutter war inzwischen zu einer weinerlichen Alkoholikerin geworden und ihr Vater fast nie zu Hause. Nur bei großen Familienfeiern taten alle so, als wären sie eine Musterfamilie.

Insofern war es nicht verwunderlich, dass Friedemann fast keinen Kontakt zu seinen Großeltern hatte, wohl aber zu seiner Urgroßmutter, die er zu ihren Lebzeiten oft besuchte. Sie war obendrein auch diejenige gewesen, die dafür gesorgt hatte, dass es ihn überhaupt gab, denn die Eltern seiner Mutter hatten verlangt, ja verlangt, dass seine Mutter abtreiben sollte. Das wäre für Alice nie in Frage gekommen und sie wurde von den Tanten und ihrer Großmutter darin bestärkt und praktisch unterstützt.

Als Alices Großmutter ihr damals das Haus und Grundstück am Starnberger See überschrieben und später auch dafür gesorgt hatte, dass alles instand gehalten werden konnte, waren allerdings doch einige aus der Familie erbost gewesen. Denn vorher war es das Ferienhaus der Familie gewesen. Auch Alices Vater hätte es gerne gehabt, allerdings nicht, um darin zu wohnen oder es der Familie als Ferienhaus zur Verfügung zu stellen, sondern um es zu verkaufen. Denn er brauchte immer frisches Geld für seine Spielsucht. Für Friedemann ist ein Verkauf unvorstellbar. Für ihn ist das Haus Heimat und er würde es nie verkaufen.

Nur weg, nach Hause
zu Sonny und Uwe

Jetzt, wo Friedemann sich nicht erinnern kann, was er letzte Nacht gemacht hat und er nicht mehr er selbst ist, ist ihm klar: Er muss nach Hause, zu Sonja und Uwe.

Die beiden leben immer noch im Haus am See. Sie sind mittlerweile in den Seitentrakt gezogen und Uwe nutzt das Gartenhaus nur noch als Studio. Sie kümmern sich um alles und sie sorgen sich immer noch um ihn. Einmal in der Woche telefoniert er mit ihnen und Sonja besucht ihn jeden Monat. Sie bringt dann jedes Mal eine große Menge ihrer eingefrorenen Gerichte mit, so dass er immer einen Vorrat hat. Sonja kocht fantastisch und nie vergisst sie, auch einen Kuchen mitzubringen. Immer, wenn sie miteinander sprachen, hat Sonja gefragt: „Wann kommst Du nach Hause?"

Aber Friedemann hatte nicht einmal daran denken mögen, wie es wäre, wieder durch die Räume zu gehen, die einst seine Mutter bewohnt hatte. Nein, er war noch nicht so weit, und so hatte seine Antwort immer gelautet: „Bald, bald komme ich."

Nur ist jetzt eine andere Situation, er braucht ihre Hilfe, so wie damals, als er fast zwei Jahre lang das Haus nicht verlassen konnte. Wie festgenagelt saß er oft am Fenster. Noch nicht einmal in den Garten gehen konnte er, dabei liebt er den Garten. Zuerst waren es nur bestimmte Bereiche, die er nicht betreten konnte, aber später konnte er überhaupt nicht mehr hinaus. Und immer diese Stimmen in seinem Kopf, die keiften und zeterten. Als sie vorhin schon wieder damit begonnen hatten, hatte er sie zwar stoppen können, aber er wusste, sie würden ihn wieder zu quälen versuchen.

Immer noch steht Friedemann unschlüssig vor seinem Kleiderschrank und weiß nicht, welche Krawatte heute dran ist. Dann strafft er sich und sagt laut: „So, ich werde heute gar keine Krawatte tragen. Ich werde mich krank melden. In der Bibliothek können die auch mal ein paar Tage ohne mich auskommen. Ich bin wieder sauber, mein Gesicht ist zwar etwas lädiert, aber sonst ist alles in Ordnung. Meine Sachen sind dreckig, na und? Die kann ich gleich in die Waschmaschine stecken. Genauso wie das Bettzeug."

Er schickt eine SMS zu seinem Arbeitsplatz und zieht die Bettwäsche ab. Mit jedem Teil, das in die Maschine wandert, fühlt er sich besser. Er pfeift leise vor sich hin. Wann hatte er das letzte Mal gepfiffen? Er kann sich nicht erinnern, dass er sich überhaupt schon mal so frei gefühlt hat wie jetzt.

Ich werde zu Rosa runter gehen und zum ersten Mal bei ihr ausgiebig frühstücken, beschließt er und kichert. Rosa wird große Augen machen, auch, weil sie mich zum ersten Mal in lässigem Pulli und Jeans sehen wird! Nach dem Frühstück fahre ich dann gleich mit dem Zug zu Sonja. Ich werde die beiden überraschen, nimmt er sich vor, und mich nicht anmelden.

Friedemann packt eine kleine Reisetasche. Als er den Reißverschluss zuzieht, irritiert ihn etwas, ohne dass er weiß, was ihn stört. Erst als sein Schlüsselbund auf den Boden fällt und er kein Geräusch wahrnimmt, wird er stutzig. Was ist los?

Den Wecker habe ich vorhin noch gehört, überlegt er. Aber beim Duschen, habe ich da das Prasseln des Wasser gehört? Ja, das habe ich gehört! Aber dann schrie diese Stimme wieder in meinem Kopf herum und ab da kann ich mich nicht mehr erinnern, ob ich was gehört habe.

Er geht zum Fenster und öffnet es weit. Sein Blick fällt auf das gegenüberliegende Café von Rosa und Pierre. Die Tische draußen sind alle besetzt und die Menschen sehen so aus, als würden sie sich angeregt miteinander unterhalten. Gerade tritt Pierre mit einem vollbeladenen Tablett vor die Tür. Warum Pierre und nicht Rosa? Normalerweise ist Rosa für die Bedienung zuständig, alle lieben sie wegen ihres charmanten Lächelns und den meisten gibt sie noch einen kleinen Scherz mit auf den Weg. Pierre hingegen macht gerade einen extrem nervösen und abgehetzten Eindruck. Er schlängelt sich durch die Tische hindurch, ohne auf das Winken von Gästen einzugehen, und eilt wieder zurück ins Café, um gleich darauf wieder mit einem vollbeladenen Tablett zu erscheinen. Hektisch verteilt er die Bestellungen.

So unruhig kennt Friedemann Pierre gar nicht. Was ist da los und was ist mit Rosa, sollte sie krank sein, fragt sich Friedemann, und vor allem: Warum kann ich nichts mehr hören? Denn normalerweise schallt lautes Stimmengewirr aus der schmalen Fußgängergasse zu ihm hoch. Nun aber hört er weder die Menschen, die auf dem Weg zur Arbeit oder zum Einkaufen vorbei hasten, noch die Menschen, die sich an den Tischen des Cafés angeregt unterhalten.

Hektisch zieht er wie vorhin an seinen Ohren und klopft sich wieder und wieder auf den Kopf. Bei den widerlichen Stimmen vorhin hat das doch geholfen, sagt er sich panisch, vielleicht habe ich Wasser in die Ohren bekommen, ich muss versuchen, es loszuwerden. Hin und her schüttelt er seinen Kopf, aber es nützt nichts. Seine Welt bleibt stumm.

Entsetzt lässt er sich auf den Fußboden sinken. „Nein, nein", schreit er, „nicht schon wieder, das halte ich nicht aus!" Aber auch das hört er nicht. Um ihn herum ist weiterhin Stille, unheimliche Stille. Seine Panik nimmt zu. Genauso hatte es damals angefangen. Erst nach einigen Monaten hatte er Sonja und Uwe wieder gehört. Aber diese Stimmen im Kopf, dieses entsetzliche Geschrei, die blieben fast zwei Jahre. Sollte das Ganze etwa jetzt wieder anfangen?

Tränen strömen über Friedemanns Gesicht und es schüttelt ihn krampfartig. Nie wieder will er in die Stille zurück, in diese schreckliche Stille, und er will auch nicht wieder dieses Gezanke im Kopf haben. Damals waren es zwei Stimmen, die sich richtige Wortgefechte lieferten. Er erinnert sich heute noch genau an manche Dialoge. Oft hatte er sich damals überlegt, ob er die aufschreiben sollte. Aber er hatte Angst, eine schreckliche Angst, dass man ihn für verrückt erklären würde. Die eine Stimme war immer laut und schrill gewesen und hatte ihn beschimpft, die andere hatte versucht, ihn zu beruhigen und ihm gesagt, dass er nicht auf die gemeinen Anwürfe hören sollte. Wenn die eine Stimme ihn gehässig angeschrieen hatte: „Friedemännchen, Du bist ein Feigling, Du bist ein Nichts. Was kannst Du denn überhaupt. Nichts macht Du richtig. Nun geh endlich raus!

Siehst Du, noch nicht einmal das kannst Du, hä, hä. Nur in den Garten, geh doch!", dann hatte die andere, weichere Stimme ihn zu beruhigen versucht: „Hör nicht auf den, der will dich nur quälen. Du bist ein guter Junge und keiner weiß von dem Unglück. Niemand ahnt, was hier im Garten passiert ist. Du brauchst nur etwas Zeit."

Noch einmal zwei Jahre lang diese Stimmen im Kopf, das könnte er nicht ertragen. Wie soll das nur weiter gehen, ich werde noch verrückt, denkt er. Und warum gerade jetzt? Was war passiert, dass die Stimmen gerade jetzt wieder zurückkehren? Die letzten beiden Jahre war ich doch so glücklich wie in meiner Studienzeit, weil keine Stimmen mich quälten.

Friedemanns Studienzeit

Die Studienzeit in England war für Friedemann die schönste Zeit seines Lebens. Er war frei und besuchte viele Konzerte und Ausstellungen. Junge Frauen und auch junge Männer suchten seine Nähe, aber er hielt sie auf Abstand. Das erste Jahr in England war wie im Flug vergangen, so viel Neues war auf ihn eingestürmt, er erinnert sich gerne an diese Zeit.

Kurz nach Beginn des zweiten Studienjahrs erklärte seine Mutter ihm dann überraschend, sie hätte einen Mann gefunden, der sie in ihrer neuen Karriere unterstützte, denn in Zukunft wolle sie nur noch Chansons singen, das würde auch viel mehr ihrem Naturell entsprechen. Der Mann sei verheiratet, aber lebe von seiner Frau getrennt. Jeden Wunsch würde er ihr erfüllen, nur müsse ihr Verhältnis vor der Öffentlichkeit geheim bleiben. Zwar hätte sie Friedemann versprochen, dass kein Dritter sie jemals trennen würde, aber er würde ja sowieso bald eigene Wege gehen und sie wolle nicht für immer alleine leben.

Von gemeinsamen Unternehmungen oder Reisen war danach nicht mehr die Rede, Alice hielt Distanz zu ihm. Friedemann war darüber völlig schockiert. Als er in den Semesterferien nach Hause geflogen war, fragte er Sonja und Uwe, was sie von dem Mann wüssten und wo Alice ihn kennengelernt hätte.

Die beiden reagierten sehr zurückhaltend. Alice wäre nach einer Auseinandersetzung mit Uwe wütend für vier Wochen weggefahren, wohin, wüssten sie nicht. Wahrscheinlich hätte sie da den Mann kennengelernt. Denn als sie zurück kam, wäre sie wie ausgewechselt gewesen. Auslöser des Streits war gewesen, dass nach Uwes Meinung Alices Stimme für Chansons nicht so gut geeignet wäre. Gut, das eine oder andere könnte sie wohl singen, aber wenn es eine tiefere Stimme brauchte, ginge es nicht. Das hätte er so auch Alice gesagt. Daraufhin hätte sie Uwe beschimpft und Türen knallend das Studio verlassen.

Sie hätte sich zwar entschuldigt, als sie von ihrer Reise zurück kam, aber sie wäre völlig verändert gewesen. Von da an gebe sie oft große Feste und Sonja und Uwe müssten die Gäste bedienen. Die kämen aus dem Musikbereich und der Politik oder gehörten zum Fernsehen. Sonja und Uwe vermuteten, dass auch ihr Geliebter unter den Gästen wäre. Denn ein Mann, sie hätten nur noch nicht heraus bekommen, wer er war, bliebe immer über Nacht. Gegen Morgengrauen würde er immer verschwinden, aber er hinterließe Spuren. Einmal hätte Sonja, die immer noch alles für Alice herrichtete und organisierte, in dem Spalt zwischen Matratze und Bettkasten einen Manschettenknopf gefunden, mit den Initialen "M B".

Grundsätzlich hatte sich durch den Streit an Alices Verhalten Sonja gegenüber zwar nichts verändert, sie behandelte sie immer noch eher wie eine Schwester als wie eine Angestellte. Sie sahen sich sogar ähnlich, beide groß und hellblond. Aber Sonja merkte doch eine Entfremdung, denn anders als früher, wenn Alice eine Affäre hatte, zog sie Sonja dieses Mal nicht ins Vertrauen.

Seit es diesen heimlichen Mann in ihrem Leben gab, war Alice außerdem launisch und unzuverlässig. Sie trainierte nicht mehr jeden Tag ihre Stimme und sie trank Alkohol, manchmal mehr, als sie vertrug, meistens an den Wochentagen, denn da war ihr heimlicher Geliebter nie da. Es war sogar schon vorgekommen, dass Sonja Alice ins Bett hatte bringen müssen, weil sie zu betrunken war, um alleine die Treppe zum Schlafzimmer hochzusteigen. Dass sie mittlerweile Alkoholikerin war, wollte Alice sich allerdings nicht eingestehen.

Nach Sonjas Meinung trank Alice aus Kummer und der dürfte viele Gründe gehabt haben. Einige davon nannte Alice selbst, wenn sie betrunken war, denn dann sprudelten ihre Klagen aus ihr heraus, unaufhaltsam wie ein Wasserfall. Dass sie nicht mehr singen könne. Dass keiner sie mehr sehen wolle. Dass ihr Geliebter unerreichbar für sie sei. Dass er katholisch sei und sich darum nicht scheiden lassen könne. Dass er sich von seiner Frau trennen und mit ihr zusammen leben wolle, das hätte er ihr versprochen, nur dauere das schon so lange.

Diese Details erzählte Sonja Friedemann nicht, als er sie ausfragte, und selbst Uwe wusste nicht alles. Sie hätte es als Verrat an Alice empfunden. Und so erklärte Sonja Friedemann statt dessen, dass es doch gut sei, dass sie einen Mann kennengelernt zu haben schien, den sie liebe. Seine Mutter habe ein Recht darauf, glücklich zu sein. Alice sei schon über vierzig und wünsche sich bestimmt für ihr Alter einen Partner. Solle sie etwa statt dessen die meiste Zeit hier allein im

Haus sein und sich einsam und alt fühlen, während er, Friedemann, von einer Party zu nächsten sause? Nein, wer der Mann sei, wisse sie nicht, darüber schweige Alice sich aus.

Sonja verschwieg, dass Alice keineswegs einsam zu Hause saß, sondern sehr viel ausging. Sie verschwieg auch, dass Alice nur noch selten Auftritte hatte und ihr Agent Schwierigkeiten, für sie etwas zu finden, nachdem sie einmal zu betrunken gewesen war, um zu singen, und ihr Auftritt mehr als kurzfristig hatte abgesagt werden müssen.

Sonja behielt das für sich, weil sie wusste, dass Friedemann seine Mutter vergötterte, und sein Bild von ihr keine Risse bekommen sollte. Später hat sie sich deswegen oft Vorwürfe gemacht, denn wenn Friedemann die Wahrheit gewusst hätte, hätte er sich später nicht als zurückgesetztes, ungeliebtes Kind gefühlt und wäre nicht gekränkt gewesen. Er wäre sicher öfter zu Besuch gekommen und länger geblieben. Und er hätte auch besser einordnen können, was er in den Semesterferien des dritten Studienjahrs mit Alice erlebte, denn was da geschah, hat er seiner Mutter nie ganz verziehen.

Sonja hatte ihm bei seinem damaligen Aufenthalt zu Hause wie so oft ins Gewissen geredet: „Das ist deine Mutter, vergiss das nicht. Du solltest ihr einen Mann gönnen. Du bist egoistisch. So haben wir dich nicht erzogen. Du solltest dich schämen", hatte sie mit Tränen in den Augen gesagt.

Friedemann war beschämt: „Ich gehe gleich zu ihr und versöhne mich. Du hast recht, es steht mir nicht zu, ich darf nicht so egoistisch sein. Natürlich gönne ich ihr eine Liebe, aber Alice ist so abweisend zu mir."

Gleich danach schnitt Friedemann im Garten ein paar Rosen für seine Mutter und legte sich in Gedanken auf seinem Weg ins Haus zurecht, was er ihr sagen wollte. Seine Mutter bewohnte drei Räume im ersten Stock.

Ein Zimmer war ihr Ankleidezimmer, das zweite ihr Wohnzimmer, in dem auch ihr Flügel stand und sie übte, und der dritte Raum war riesig und eine Kombination zwischen Wohn- und Schlafzimmer. Große Flügeltüren führten von dort auf einen großzügigen Balkon, von dem man die beste Aussicht auf den See hatte.

Friedemann hatte schon seine Hand erhoben, um zu klopfen, als er die Stimme seiner Mutter vernahm. Worte konnte er nicht verstehen, aber ihr Tonfall sagte ihm: Sie telefoniert mit ihrem Liebsten. Sie gurrt und zwitschert, da will ich mal lieber nicht stören.

Dann plötzlich wurde ihre Stimme schrill und gleichzeitig weinte sie. Jetzt konnte Friedemann alles deutlich verstehen, denn seine Mutter schrie: „Dann geh doch zum Teufel und bleibe bei deiner ungeliebten Frau. Du bist ein Lügner und Betrüger, was hast du mir nicht alles versprochen. Und Du musst auch nicht meinen Sohn als Alibi vorschieben, dass Du nicht zu mir ziehen willst, denn der fährt morgen sowieso wieder ab, dafür sorge ich schon."

Das saß! Friedemann hatte das Gefühl, sein Innerstes kehrte sich nach außen. Er spürte Schmerzen, als wenn jemand auf ihm herumgetrampelt hätte. Am liebsten würde er seine Mutter erwürgen. Sofort schämte er sich seiner Gedanken und biss in seine Fäuste. Leise wimmernd legte er die Rosen vor die Tür, sie sollte wenigstens wissen, dass er alles gehört hatte.

Dann hastete er in sein Zimmer, als wenn der Teufel hinter ihm her wäre. Wütend riss er seine Sachen aus dem Schrank und schmiss sie in den Koffer. Er trat gegen die Schranktür, so dass sie mit einem Knall zuflog, danach kippte er seinen Tisch mit all seinen Papieren um und schmiss den Stuhl gleich hinterher. Erst Sonjas lautes Rufen brachte ihn wieder zu sich. „Friedemann, Friedemann, komm schnell. Alice will sich was antun. Du musst ihr helfen. Sie ist zum See gerannt in ihrem Pyjama. Ich fürchte, sie dreht durch."

Das geht mich nichts an, sie will mich sowieso loswerden, lag ihm schon auf der Zunge. Aber dann besann er sich: Sie ist schließlich meine Mutter, ich muss ihr helfen, jetzt, wo sie nicht mehr so gefragt ist und dieser geheimnisvolle Typ ja keine Verantwortung zu übernehmen scheint.

Zu dritt rannten sie hinter Alice her. Friedemann war am schnellsten, kurz vor dem Ende des Stegs holte er sie ein. Sie schwenkte eine Flasche Schnaps, die schon halb leer war. „Haut ab! Keiner liebt mich! Ich bin eine Enttäuschung für alle! So kann ich nicht leben!" schrie sie.

Friedemann umarmte sie und nahm ihr die Flasche weg. „Aber wir lieben dich doch alle. Du musst uns nur lassen und nicht abweisen. Was würden wir denn ohne dich machen? Du bist doch unsere Göttin!" Wahrscheinlich hatte Friedemann genau die richtigen Worte getroffen, denn sie schmiegte sich an ihn und ließ sich widerstandslos zum Haus führen.

Uwe und Sonja waren schon vorausgeeilt. Uwe zündete den Kamin im Wohnraum an und Sonja ließ ein heißes Bad ein. Alice zitterte vor innerer Erschöpfung und bemerkte erst jetzt ihren aufgelösten Zustand. Bevor sie in die Wanne stieg, nahm sie Friedemanns Hände und sagte, „Als ich deine Rosen sah, wurde mir klar, ich bin eine schlechte Mutter. Ich schäme mich, bitte verzeih mir. Ich verspreche dir, ich höre mit dem Trinken auf."

Ihr Versprechen hielt Alice auch. Wenn sie Alkohol trank, dann war das höchstens mal ein Glas Champagner und von Selbstmord war auch nie wieder die Rede.

Alice erholte sich in den Wochen danach und war nun voller Vorfreude auf die Zukunft: Friedemann würde im nächsten Jahr sein Studium mit vermutlich ausgezeichneten Noten abschließen, das war für sie eine Genugtuung. Er würde in das Haus am See zurückkehren und für ein halbes Jahr bei ihr wohnen. Sie hatte schon vieles geplant, was sie in diesen Monaten gemeinsam unternehmen würden. Danach würde er für ein Jahr nach Neuseeland gehen und Alice, die allen Widrigkeiten zum Trotz tatsächlich als Sängerin von Chansons und deutschen Liedern hatte Fuß fassen können, würde auf einer Tournee in verschiedenen Städten Neuseelands und Australiens sein. Die deutsche Community freute sich, dass eine so bekannte Sängerin bei ihnen auftreten würde. Sonja und Uwe würden Alice begleiten und natürlich würden sie Friedemann in Neuseeland treffen.

Soweit die Zukunftspläne. Aber erst einmal ging es darum, ein anderes Vorhaben umzusetzen: Die Umgestaltung des Gartens. Alice hatte ihre Leidenschaft fürs Gärtnern entdeckt. Zwar gehörte ihre Aufmerksamkeit vor allem den Blumen, aber sie wusste auch den Gemüsegarten an der Seite des Hauses zu schätzen, für dessen Pflege Uwe und Sonja zuständig waren. Besonders das Ernten liebte Alice und vor Kurzen erst hatte sie festgestellt, wie mühsam die Erdbeerernte war. Zu dritt zeichneten und diskutierten sie seitdem einen Plan nach dem anderen, um den Gemüsegarten auf Hochbeet-Kultur umzustellen.

Als Alice Friedemann davon berichtete, meinte der: „Wenn ihr schon so viel verändern wollt, warum lässt du dann nicht gleich auch das Schwimmbad bauen, das du dir schon so lange wünschst. Auch in deinem Rosengarten müsste einiges neu gepflanzt werden, Uwe hat erst neulich zu mir gesagt, dass etliche alte Pflanzen raus müssten. Sie würden nicht mehr richtig blühen und hätten wohl eine Krankheit und bevor sie die anderen anstecken würden, müsste man sie entsorgen. Er hat sie im Herbst schon ganz kurz geschnitten. Schau es dir doch mal genau an. Wenn schon umgebaut werden soll, dann könnte doch alles zusammen gemacht werden. Wenn du von deiner Tournee auf der anderen Seite der Welt zurückkommst, wäre alles fertig."

Ja, die Tournee, die ließ Alice jetzt schon vor Aufregung schweben. Endlich sollte sie wieder vor Publikum singen. Endlich würde sie wieder diesen Rausch vor dem Auftritt spüren. Und Sonja, die dann genauso nervös wie sie sein würde, würde wieder die Ruhige spielen und sie beruhigen. Die Aussicht, wieder auf die Bühne zurückzukehren, machte Alice schon jetzt ganz kribbelig. Friedemann hatte Recht, die Arbeiten im Garten würden sie ablenken und beruhigen.

Auch für Friedemann bot die Zukunft aufregende Zeiten, er hatte für seinen Aufenthalt in Neuseeland einen Auftrag von einer anspruchsvollen englischen Monatszeitschrift bekommen. Der Chefredakteur war auf seine Aufsätze, die er im letzten Studienjahr verfasst hatte, aufmerksam geworden. Dem hatte gefallen, wie geschickt und feinfühlig Friedemann die Psychologie mit der Philosophie verband. Friedemann sollte mit dem Volk der Maori in Kontakt treten und erforschen, welche Auswirkungen das Überstülpen der englischen Mentalität auf ihre Psyche und ihre Weltanschauung gehabt hat und noch hat. In der Hauptstadt Christchurch stand für ihn eine Wohnung bereit und er konnte sich seine Zeit so einteilen, wie er wollte. Ein wahres Geschenk!

Komplizierte Trennung

Zwei Monate, bevor Friedemann nach
Abschluss seines Studiums in England an den
Starnberger See zurückkehren sollte, rief
Sonja aufgeregt bei ihm an: „Stell dir vor, jetzt
hat sie sich wohl endgültig von ihm getrennt.
Vom Balkon hat sie ihm noch seine Sachen
hinterhergeworfen. Er hat sie aber nicht
aufgehoben, sondern ist mit wehendem
Mantel zu seinem Leihwagen gerannt. Es war
schon hell und zum ersten Mal habe ich ihn
persönlich gesehen. Ich habe ihn sofort
erkannt. Er ist in Frankreich ein hohes Tier in
der Politik. Alice hat ihm hinterher gerufen, er
solle sie für immer in Frieden lassen, sonst
könne sie der Presse auch mal einen Wink
geben über seine besonderen Vorlieben.
Diese Drohung war sowas von unklug von ihr,
wer weiß, was dem einfällt. Was sollen wir
denn nur machen? Ich habe Angst um Alice.

Alice begreift das nicht, sie fühlt sich wie befreit und singt die ganze Zeit."

Friedemann redete beruhigend auf Sonja ein. „Ich werde die Urgroßmutter anrufen, die weiß immer Rat, sicher kennt sie auch einflussreiche Leute in Frankreich, die wissen, was er für ein Mensch ist und welche Macht er hat. Am besten, ihr fahrt zu ihr und bleibt da, bis ich nach Hause komme. In Hamburg kann euch nichts passieren."

Sonja packte sofort einen großen Koffer für Alice und einen kleinen für sich selbst. Alice bereute inzwischen, dass sie ihrem früheren Geliebten gegenüber so unbeherrscht war. „Völlig unnötig. Wie konnte ich mich nur so vergessen", sagte sie zu Sonja, „aber er war mir einfach nur noch widerlich. Seine sexuellen Wünsche waren immer verrückter geworden." Alice schüttelte sich. „Nein, ich konnte es einfach nicht mehr ertragen!"

In Hamburg wurde die Nachricht, dass ihr Besuch ins Haus stand, mit mehr Schrecken als Freude aufgenommen und dafür gab es verschiedene Gründe.

Erstens ging es der Urgroßmutter gesundheitlich nicht so gut und Friedemanns Schilderung hatte sie in helle Aufregung versetzt. Das rief ihre beiden Töchter, die bei ihr lebten und immer noch in der Firma tätig waren, auf den Plan. Die Urgroßmutter war schon über neunzig Jahre alt und so befürchteten die Töchter, sie würde ob all der Aufregung einen Herzinfarkt erleiden. Das bewahrheitete sich Gott sei Dank nicht.

Zweitens kam die Angelegenheit für alle deshalb zu einem unpassenden Zeitpunkt, weil die Reederei verkauft werden sollte und die Gespräche mit einer großen französischen Reederei weit fortgeschritten waren. Es brauchte nur noch die Zustimmung der französischen Regierung und alles wäre in trockenen Tüchern. So konnte man es nicht riskieren, die Verhandlungspartner zu brüskieren. Da man ja noch nicht einmal wusste, welche Position Alices früherer Geliebter inne hatte, wollte man bei den Franzosen lieber keine Erkundigungen über ihn einholen.

Das sah selbst Alice ein. Sie glaubte zwar nicht, dass ihr früherer Liebhaber ihren Familiennamen wusste, denn die Welt kannte sie nur unter dem Namen Giroud, dem Mädchennamen ihrer Mutter, aber sicher war sicher. Ihre Sorge vor seiner Rache würde sich bestimmt als Luftnummer erweisen und in zwei Monaten würde ja auch Friedemann wieder bei ihr sein. Trotzdem würde sie jetzt aber gerne erst einmal bei der Familie in Hamburg bleiben. Das wurde akzeptiert.

Auch Alices Vater wohnte wieder in seinem Elternhaus, in der großen weißen Villa an der Alster, seitdem seine Frau vor einem Jahr unter mysteriösen Umständen bei einem Treppensturz ums Leben gekommen war.

Das Haus war groß und weitläufig. Wenn man wollte, konnte man sich leicht aus dem

Weg gehen. Dennoch passte es ihrem Vater überhaupt nicht, dass Alice zu Besuch kommen würde. Er befürchtete Fragen seiner Tochter über den Tod ihrer Mutter und warum er nach ihrem Tod das Haus so schnell verkauft hatte. Schon bei der Beerdigung hatte Alice einige unangenehme Fragen gestellt, die er alle gereizt abgewiegelt hatte. Er hatte ihr nicht gesagt, dass er gezwungen war, das Haus zu verkaufen, weil er bei diversen Leuten große Schulden hatte. Das würde er seiner Tochter nie gestehen.

Das Wasser hatte ihm allerdings schon lange vor dem Tod seiner Frau bis zum Hals gestanden, so hoch, dass er seiner Frau reinen Wein hatte einschenken müssen, denn das Haus gehörte ihr. Ihre Eltern hatten es ihr zur Hochzeit geschenkt und sie war im Grundbuchamt als alleinige Besitzerin eingetragen.

Die Ehe war nach Alices Geburt eine einzige Katastrophe gewesen. Ihr Vater hatte nie Verständnis für seine Frau gezeigt, die nach Alices Geburt mit allem überfordert war und sich mit Alkohol betäubte. Er gehörte zu dem Schlag Männer, die immer im Mittelpunkt stehen wollen und bockig wie kleine Kinder werden, wenn sich nicht alles um sie dreht. Folglich gingen die Eheleute sich konsequent aus dem Weg. Alices Mutter bewohnte den ersten Stock und ihr Mann das Erdgeschoss, sofern er sich nicht bei seiner jeweiligen Geliebten aufhielt.

Hinter dem Rücken seiner Frau hatte er heimlich eine Hypothek auf das Haus eintragen lassen, für die er ihre Unterschrift gefälscht hatte. Seine Schulden waren aber schon so hoch, dass er nur einen Teil davon mit dem Geld aus der Hypothek abdecken konnte. Bei seinen Freunden, die zur guten Gesellschaft von Hamburg zählten, hatte er seine Schulden beglichen, denn er wollte seinen Ruf nicht verlieren. Er bekam nicht mit oder er ignorierte, dass hinter seinem Rücken viele schon schlecht über ihn redeten. Das Problem für ihn waren die anderen Gläubiger, die man nicht auf dem Golfplatz oder in den guten Hanseatischen Clubs trifft. Sie machten immer stärker Druck. Als sie ihre Forderungen mit zerstochenen Reifen und beschmiertem Auto unterstrichen, war er gezwungen, sich seiner Frau zu offenbaren.

Alices Vater hatte gedacht, dass er leichtes Spiel bei ihr haben würde, denn er glaubte, sie sei eine schwache, labile Frau. Aber seine Frau dachte überhaupt nicht daran, ihm zu helfen. Sie hatte sich unter Qualen von ihrer Alkoholsucht befreit und beim Entzug einen Mann kennengelernt, der genau wie sie abhängig war. Sie stützen sich gegenseitig und es war eine tiefe Freundschaft entstanden. Seit vier Jahren war sie trocken. Ihr Mann hatte nicht einmal bemerkt, dass sie keinen Alkohol mehr trank.

Nun, nachdem sie von der Spielsucht und den Schulden ihres Mannes erfahren hatte, war sie bereit, sich von ihm zu trennen und ihr Leben in ihre eigenen Hände zu nehmen.

Das sollte alles geräuschlos über die Bühne gehen, denn sie wollte nicht, dass der Name seiner Familie Schaden nahm. Schönermann war schließlich ein alter, guter Name und für jeden Kredit würdig. Sie hatte mit ihrer Schwiegermutter, die immer noch mit fester Hand die Reederei lenkte, schon alles besprochen. Die war ihr für so viel Rücksicht und Familiensinn, der ihrem eigenen Sohn völlig fehlte, sehr dankbar. Alices Mutter wollte auch keine Versorgungsansprüche stellen, sie wollte nur nicht für die Schulden ihres Mannes aufkommen. Von der eingetragenen Hypothek wusste sie allerdings nichts, da die Bank die Unterschrift für echt gehalten hatte.

Die Niedertracht von Alices Vater war jedoch größer, als seine Frau und seine Mutter es sich hätten vorstellen können. Eines Abends lauerte er Alices Mutter in der großen Eingangshalle auf und verlangte, sie solle ihm das Geld für seine Schulden geben und dafür das Haus verkaufen. Sie verweigerte es ihm ruhig, erzählte ihm von dem Gespräch mit seiner Mutter und verlangte ihrerseits, er solle das Haus für immer verlassen und ihr die Schlüssel übergeben.

Von einer zur anderen Sekunde wurde er zum Berserker. Er beschimpfte und schlug sie. Sie versuchte, in den ersten Stock zu flüchten, und hatte es schon fast geschafft, da riss er sie voller Wut zurück. Sie fiel rücklings die Treppe hinunter. Völlig außer sich vor Wut trat er noch einige Male zu. Dann verließ er das Haus und kümmerte sich nicht mehr um sie. Am nächsten Tag wurde sie tot von der Zugehfrau gefunden.

Alices Mutter müsse noch mindestens eine Stunde gelebt haben, war die Meinung der Pathologin, aber sie sei sicher nicht mehr in der Lage gewesen, sich zu bewegen. Sie habe sich diverse Knochen gebrochen, aber das sei nicht die Todesursache gewesen. Ihr

Kopf wies zwei große Wunden auf, die stark geblutet hätten, die Verletzungen könnten aber keinem Gegenstand zuordnet werden. Durch diesen hohen Blutverlust sei sie qualvoll gestorben.

Das Haus war von der Zugehfrau verschlossen vorgefunden worden und die Alarmanlage scharf gestellt. Jeder, der einen Schlüssel hatte, konnte ein Alibi vorweisen, auch Alices Vater. Der hatte angeblich die ganze Nacht gepokert. So verliefen die Ermittlungen ins Leere und wurden eingestellt: Der Tod von Alices Mutter galt für die Polizei als tragischer Unfall.

Alices Großmutter hörte aber von einem Freund von der Kripo, die Wunden am Kopf ihrer Schwiegertochter könne sich keiner erklären, die sähen aus wie Tritte von einem Schuh. Da war sie sich sicher, dass ihr Sohn dafür verantwortlich war. Schon oft hatte er sich als völlig verantwortungslos und unbeherrscht gezeigt. Auch fünf Jahre zuvor, als sein Vater gestorben war, hätte er fast die Familie und die Reederei ruiniert, indem er sein Erbe einforderte. Danach hatte er sein beträchtliches Erbe verspielt, verwettet und noch dazu eine Menge Schulden angehäuft.

Ihre Großmut war jedoch schier grenzenlos, denn als ihr Sohn nach dem Verkauf des Hauses obdachlos vor ihrer Tür stand, durfte er bleiben. Schließlich war er ihr Kind, auch wenn sie viele Probleme mit ihm gehabt hatte. Sie sagte ihm nur klipp und klar, dass sie nie für seine Schulden aufkommen würde und er mit seiner monatlichen Zuwendung auskommen müsse. Sie erinnerte ihn daran, dass er sich ja sein Erbteil schon hatte auszahlen lassen.

Wenn sie geahnt hätte, was ihr Sohn später seiner Tochter, ihrer Enkelin Alice, antun würde, hätte sie ihn nie aufgenommen, sondern ihn seiner gerechten Strafe zugeführt.

Purer Egoismus des Sohnes

Dass ihr Sohn gleich nach dem Tod des Vaters sein Erbe ausgezahlt haben wollte, war für seine Mutter ein weiterer schwerer Schlag gewesen. Damals hatte die Reederei sowieso schwierige Zeiten durchzumachen. Das ging nicht nur ihrer Firma so, allgemein waren die Margen für Frachten stark eingebrochen und in den asiatischen Häfen gab es oft Verzögerungen. Dadurch wurden die Liegezeiten länger, die Hafengebühren höher und die Erträge geringer. Seit Generationen arbeiteten sie viel mit China zusammen, aber ihre Schiffe waren nicht für die riesige Anzahl Container ausgerichtet, die heutzutage erwartet wurde. Sie mussten in neue, größere Schiffe investieren. Zwei waren schon in Arbeit und würden in Kürze vom Stapel laufen. Da kam die unerwartete Forderung des Sohnes sehr ungelegen.

Aber so war er. Nie hatte er sich für die Firma interessiert, nur sein eigenes unbekümmertes Leben gelebt und seine monatlichen Bezüge eingestrichen. Um die Firma hatten sich seine Eltern gekümmert. Alles, was die Reederei betraf, wurde gemeinsam mit den Töchtern beraten. Der Vater blieb im Tagesgeschäft meist im Hintergrund, während seine Frau nach außen das Gesicht der Geschäftsleitung war. Ihre beiden Töchter unterstützten sie und sorgten dafür, dass die Firma ohne Stocken in die moderne Zeit hinein glitt.

Die meisten Angestellten dachten, die Mutter hätte Haare auf den Zähnen, was aber nicht stimmte. Ihr Mann regierte von hinten mit harter Hand und auch seine Töchter konnten ihren Willen durchsetzen. Die Mutter war da viel weicher und neigte zu Zugeständnissen.

Weil sie sich in der Frau und in den Verantwortlichkeiten täuschten, kamen die Angestellten oft zum Vater, um ihre Bitten vorzutragen. Der wiegte dann den Kopf und sagte: „Ich werde mit meiner Frau sprechen, das muss sie entscheiden. Kommen sie morgen wieder." Das war reine Taktik, sie hatten das gleich am Anfang ihrer Ehe so besprochen, weil die Mutter auf keinen Fall ihre weiche Seite in der Firma zeigen durfte. Keiner hätte ihr dann Respekt gezollt und wenn sie zehnmal „die Schönermann" und die Chefin war.

Nun war ihr Mann tot und sie musste wegen der Forderung ihres Sohnes nach Auszahlung des Erbes allein mit der Bank verhandeln. Denn Barvermögen gab es nicht groß in der Reederei und ihr Kredit war durch die Schiffsneubauten schon stark ausgereizt. Sie war froh, dass ihre Töchter sie in allen Belangen unterstützten und ihren Anteil auf jeden Fall in der Reederei lassen wollten. Sie alle waren sicher, dass sie Gewinn einfahren würden, wenn sie jetzt die Durststrecke hinter sich bringen würden.

Als sie telefonisch um ein Gespräch mit dem Direktor der Bank bat, versuchten dessen Söhne, die jetzt auch in der Bank arbeiteten, sie einzuschüchtern. Zum ersten Mal seit Beginn ihrer Zusammenarbeit hatte der Direktor angeblich keine Zeit, er sei in einer wichtigen Besprechung. „Das ist kein Problem", antworte sie, „dann kommt er morgen zu mir. Ich erwarte ihn um zwei Uhr bei mir zu Hause."

Damit hatte keiner der Söhne gerechnet und bevor jemand etwas erwidern konnte, hatte sie schon aufgelegt. Ihre Töchter beglückwünschten sie zu ihrer Reaktion, sie würden sich nicht unterkriegen lassen, das hatten sie sich geschworen.

Am nächsten Tag standen kleine Kuchen, Sandwiches, Kaffee und Tee und ein guter Cognac bereit. Der Direktor kam pünktlich und zeigte sich erfreut über diese Einladung, wie er es nannte. Konnte aber nicht umhin, noch hinzuzusetzen, er hätte nur eine Stunde Zeit.

Zuerst blieben die Mutter und der Direktor allein und unterhielten sich über alles Mögliche, nur nicht über Geschäfte. Man kannte sich schon lange und begegnete sich oft bei gesellschaftlichen Verpflichtungen. Denn auch der Bankier stammte aus einer alten, hochgeachteten Hanseatenfamilie. Seit ewigen Zeiten machten sie miteinander Geschäfte und nie hatte es Probleme gegeben. Aber auch in der Bank bahnte sich ein Generationswechsel an und die Söhne versuchten ihn langsam aus der Bank zu drängen, wie die Mutter heraushörte.

Als die Töchter später dazu kamen und die gut ausgearbeiteten Unterlagen mitbrachten, war im Grunde genommen schon alles perfekt. Der Bankier war sichtlich angetan von den vorbereiteten Papieren, der Kreditrahmen wurde aufgestockt und Alices Vater konnte sein Erbteil ausgezahlt bekommen.

Der Bankdirektor wünschte ihnen Glück, selbstverständlich sei er gerne bereit, mit ihnen weiter zusammenzuarbeiten: „So ein kompetentes Team findet man selten, ich wünschte, meine Söhne wären so clever. Leider haben sie kein Gespür für Traditionen. Aber die Zeiten ändern sich und ich habe meine Schwierigkeiten, das zu akzeptieren. Die Jugend tut so, als wenn wir Alten von einem anderen Planeten kommen. Wenn ich etwas vorschlage, fahren sie mir gleich in die Parade, mit den Worten: „Das macht man heute ganz anders."

„Ja", bestätigte die Mutter, „ich höre oft von Freunden in unserem Alter, dass sie von ihren Kindern in die Schranken gewiesen werden. Ich habe wirklich großes Glück mit meinen beiden Töchtern."

Sommertradition am See

Als Alice jetzt, ein Jahr nach dem Tod ihrer Mutter, mit Sonja zu ihrer Großmutter gereist war, wurde ihr wieder einmal klar, dass sie für ihre Großeltern immer mehr wie eine Tochter als ein Enkelkind gewesen war, und wie viele schöne Erinnerungen sie mit ihnen verband. Zu ihrer Mutter hatte sie erst eine Beziehung aufbauen können, als sie nicht mehr trank.

Wenn ihre Großeltern im Sommer mit ihren Töchtern und ihrer Mutter am Starnberger See zu Besuch bei Alice und Friedemann waren, war es immer sehr harmonisch. Diese vier Wochen waren eine besondere Zeit, voller Musik und Lachen. In dieser Zeit war Alice nie auf Tournee, sie war reserviert für die Familien, denn auch Sonjas Familie kam oft zu Besuch.

Der Großvater war ein Schöngeist und spielte hervorragend Klavier, er hätte gut selbst Musiker werden können. Aber als Sohn einer hanseatischen Tuchhandelsfirma kam das nicht in Frage. Er hat sich nie beschwert, er sah das pragmatisch. Wenn er gefragt wurde, warum er nicht die Künstlerlaufbahn eingeschlagen hatte, erklärte er mit einem leichtem Lächeln, „Ich hätte mich mit vielen anderen guten Musikern messen müssen und dafür bin ich nicht gut genug. So kann ich spielen, wann ich will und was ich will und muss mich nicht dem Druck des Publikums aussetzen, ja, ich darf sogar patzen, ohne dass jemand meckert. Und in der Firma bin ich der Chef und keiner darf mir sagen, was ich machen muss."

Das Ritual der Familienferien wurde auch nach dem Tod des Großvaters fortgesetzt. Im Folgejahr war Alices Vater am Starnberger See aufgetaucht und wollte sich als neues Familienoberhaupt aufspielen. Schließlich sei er der einzige Mann in dem Weiberverein, meinte er und übersah dabei das andere männliche Wesen in der Familie, nämlich Friedemann, geflissentlich. Gemeinsam sorgten die anderen dafür, dass er umgehend wieder verschwand: Er sei vorher nie bei den Familientreffen gewesen und niemand habe ihn vermisst und jetzt, wo er sich wegen seines Erbteils so schäbig benommen hätte, wolle ihn erst recht keiner dabei haben, er solle verschwinden und nie wiederkommen.

Für den Großvater war sein Sohn eine schwere Enttäuschung gewesen und er hatte eine Distanz zu ihm errichtet. Schon als Jugendlicher hatte der Junge sich mit dubiosen Wetten und Spielen abgegeben. Und auch sonst war er nicht ohne, er hatte im Internat im Zimmer eines Mitschülers gezündelt, als der schlief. Gott sei Dank wurde der Brand von einem anderen Mitschüler schnell entdeckt, so dass es nur einen Sachschaden gab. Still und leise wurde der Sohn daraufhin vom Internat genommen und eine hohe Summe gespendet. Auf die

Frage nach dem Warum sagte der Sohn trotzig und völlig gewissenlos: „Ich hatte Spielschulden bei ihm und konnte nicht zahlen. Ihr gebt mir ja zu wenig Geld!"

Der Junge schlitterte von einem Desaster ins nächste. Immer hatten bei ihm andere die Schuld daran und wenn da kein anderer war, dann wurde er krank und fuhr zur Kur. Viele Schwierigkeiten bügelte sein Vater, ohne dass es jemand erfuhr, still und leise aus. Er wusste, dass das nicht richtig war, und schämte sich dafür.

Nur seine Frau kannte die Wahrheit und fragte sich und ihn oft: Womit haben wir das verdient? Aber dann trösteten sie sich damit, dass ihre Töchter so wunderbar und tüchtig waren. Genauso wie Alice, ihre Enkeltochter, die sie liebte und keine Probleme machte. Ein schwarzes Schaf musste es vielleicht in jeder Familie geben.

Aber eins stand für beide fest, ihr Sohn dürfte nie in die Firma eintreten.

Als ihr Sohn dann seine spätere Frau kennengelernt hatte und die Hochzeit mit viel Pomp gefeiert wurde, hegten sie die Hoffnung, es könnte doch noch alles gut werden. Aber schon während der Schwangerschaft seiner Frau hielt ihr Sohn sich eine Geliebte und spielte und wettete wieder. Seine Eltern machten ihn Vorhaltungen, denn sie sahen, dass ihre Schwiegertochter total überfordert war und sich nach der Geburt von Alice in den Alkohol flüchtete.

Alices Mutter war ihren Schwiegereltern dankbar, dass sie sich um Alice kümmerten und sie später ganz zu sich nahmen. Denn von ihrem Mann konnte sie keinerlei Unterstützung erwarten, eher das Gegenteil.

Sonja ist gekommen

Friedemann erwacht fröstelnd, er liegt noch immer am Fenster auf dem Fußboden. Die Stimmen in seinem Kopf haben ihn aufgeweckt. Oder war es die Türklingel? Lang, kurz, lang, kurz. Sonjas Klingeln! Aber wieso? Heute ist doch gar nicht ihr Tag. Gleichzeitig schreien beide Stimmen in seinem Kopf Unverständliches.

Gerade eben war er im Traum noch im Haus am See gewesen. Der Traum muss bei ihm verschüttete Erinnerungen wachgerufen haben. Er erinnert sich nun, dass Alices Vater schon einmal uneingeladen bei einem Familientreffen am Starnberger See erschienen war. Damals war er selbst noch ein Kind und sein Urgroßvater lebte noch.

Es war ein herrlicher Sommerabend, die gesamte Familie hatte sich auf der Terrasse versammelt. Die Frauen hatten gemeinsam das Abendessen zubereitet. Es gab ein mediterranes leichtes Essen mit Gazpacho, verschiedenen Salaten, Oliven und Käse. Die Männer hatten am Tag im See geangelt, nun wurde ihre Ausbeute gegrillt.

Alle waren froh gestimmt, im Radio dudelten alte Schlager und der eine oder andere Text wurde von den Frauen mitgesungen. Nach dem Essen wollten sein Urgroßvater und Alice Hausmusik machen. Aber soweit sollte es nicht kommen, denn ein langanhaltendes Klingeln störte die Harmonie. Alices Vater stand vor der Tür.

Er stieß Sonja, die geöffnet hatte, beiseite und stürmte auf die Terrasse. Wütend pöbelte er auf die Familie ein: „Verdammte Mischpoke, verflucht sollt ihr sein, mich am ausgestreckten Arm verhungern zu lassen, während ihr euch hier die Wampe voll haut! Ich will sofort meinen Anteil von dem, was ihr hier so verprasst!" Er fegte alles, was auf dem Tisch stand, mit Schwung runter.

Nach dem ersten Schreck versuchte sein Vater ihn zu besänftigen. „Nun beruhige dich doch erst mal, keiner will dir etwas vorenthalten. Setz dich zu uns zum Essen und wir klären die Sache."

Aber die ruhige Reaktion seines Vaters bewirkte bei seinem Sohn das Gegenteil. Sie zeigte nach seiner Meinung nur wieder die übliche eingebildete Überlegenheit. Er riss eine Pistole aus seiner Jackentasche und fuchtelte damit seinem Vater vor der Nase herum.

„Ich will nicht reden, ihr dreht mir ja doch das Wort im Mund um. Immer bin ich schuld, wenn etwas schief läuft. Nie habt ihr Verständnis für mich, nur für die anderen. Ich brauche Geld! Sofort! Aber nicht wieder Almosen! Und wenn ich es nicht sofort bekomme, erschieße ich dich!"

Er drehte sich mit dieser Ankündigung zu den anderen um, um auch sie mit der Pistole zu bedrohen.

Alices Mutter hatte Friedemann gleich zu sich gerissen, als ihr Mann auf die Terrasse stürmte, und ihn hinter sich geschoben. Vorsichtig lugte er hinter ihrem Rücken hervor und sah nun, wie eine seiner Tanten, die etwas seitlich von ihrem Bruder stand, ein Tablett hob und es ihm über den Kopf schlug. Alices Vater knickte in die Knie, aber beim Fallen löste sich noch ein Schuss, der in den Balkon über der Terrasse einschlug, wo die Kugel heute noch steckt.

Danach brach wildes Durcheinander aus und Uneinigkeit. Die meisten von ihnen wollten die Polizei rufen. Aber ausgerechnet seine Frau, die er so mies behandelte, war dagegen: Eine Anzeige würde nur das Ansehen der Familie belasten. Das Argument überzeugte die anderen Familienmitglieder. Also stellte sie ihrem Mann einen großzügigen Scheck aus, bevor sie ihn zur Tür brachte. Die Familie hörte, wie er sie zum Abschied statt eines Dankeschöns ankeifte: „So eine hässliche Alkoholikerin wie du, die muss sich ja frei kaufen. Du bist auch nicht besser als ich."

Das alles war passiert, als Friedemann zehn Jahre alt war. Sein Traum, gepaart mit dem Klingeln an der Tür, hatte die Erinnerung daran offensichtlich wachgerufen. Erst bei diesen Gedanken begreift Friedemann, dass er wieder hören kann. Er rennt zur Tür.

Erlöst fällt er Sonja in die Arme: „Sonni, ein Glück, dass Du kommst. Ich glaube, ich werde verrückt." Sonni hatte er immer als Kind zu ihr gesagt, wenn er Kummer hatte und weil er das J nicht aussprechen konnte, und dabei war es geblieben. „ Ich weiß nicht mehr, was gestern war. Oh, es ist wieder so entsetzlich wie damals. Vielleicht habe ich etwas Schreckliches angestellt, aber ich kann mich an nichts mehr erinnern."

Behutsam führt Sonja ihn ins Wohnzimmer und drückt ihn auf das Sofa. Sie klopft zart seinen Rücken, wie bei einem Baby: „Aber es ist doch kein Wunder, dass Du versuchst, alles zu verdrängen. Nach dieser schweren Entscheidung, die Du ganz allein treffen musstest. Wir hätten dir so gerne beigestanden, aber ich kann schon verstehen, dass Du allein sein wolltest mit Alice an ihrem letzten Tag. Soll ich dir eine heiße Schokolade machen oder wollen wir gleich nach Hause fahren?"

„Nein," entsetzt fährt Friedemann hoch, „ich könnte das Haus und den Garten noch nicht ertragen. Vor allen Dingen nicht den Garten. Ich würde sie immer vor mir sehen, ihre Lebensfreude und wie sie ihre geliebten Blumen pflegte. Dann würden gleich die anderen Bilder folgen, wie sie in der Erde lag und wir sie befreiten. Ich hatte so viel Hoffnung, dass sie wieder wach wird. Wir haben sie doch gleich beatmet und die Ärzte waren auch zuversichtlich. Vielleicht wäre sie, wenn ich sie gleich von Anfang an besucht hätte, wieder gesund geworden."

„Nein", entgegnet Sonja energisch, „so etwas darfst du überhaupt nicht denken. Ihr Leben hing doch von vornherein an einem seidenen Faden. Wir wussten ja nicht, dass er ihr Gift gegeben hatte. Auch Du hättest nichts machen können. Vier Jahre lang lag sie im Koma, ob sie überhaupt etwas von dem mitbekommen hat, was um sie herum vorging, weiß keiner. Die ersten zwei Jahre hast Du sie einfach nicht besuchen können, weil du selbst krank warst, aber sie war ja in guten Händen. Und nachdem Du sie vor zwei Jahren in die kleine Klinik hier in die Kleinstadt hast verlegen lassen und hierher gezogen bist, hast Du sie doch jeden Tag besucht, keiner hätte das so lange ausgehalten. Und ich bin jedes Mal, wenn ich bei dir war, auch zu ihr gegangen und konnte sehen, wie sie sich immer mehr entfernte. Nachdem es keine Hirnströme mehr gab, gab es keine Hoffnung mehr. Zum Schluss sah sie aus wie ein Engel, es hat mir das Herz zerrissen. Komm bitte mit mir nach Hause. Uwe würde dich auch gerne wiedersehen. Es geht ihm nicht so gut seit diesem schrecklichen Ereignis. Er hat oft Albträume und macht sich Vorwürfe, dass er nicht erkannt hat, was Alices Vater vorhatte."

Friedemann weiß, dass Sonja recht hat: Ich darf das nicht länger verdrängen und ich muss mit Uwe reden. Ohne seine Hilfe säße ich im Gefängnis oder in der Irrenanstalt. Wir drei müssen einen Abschluss finden, sonst werde ich nie ein normales Leben führen können. Aber wann hatte ich schon ein normales Leben? Er atmet tief aus und sagt dann entschlossen: „Ja, ich komme mit nach Hause, es wird Zeit."

Sonja sieht ihn so liebevoll an wie eine Mutter ihr Kind. Friedemann muss sich räuspern, um nicht wieder in Tränen auszubrechen. Gewollt energisch sagt er: „Ich muss nur noch schnell Rosa und Pierre Bescheid sagen und mein Fahrrad in den Keller bringen."

Beim Anblick des Fahrrads fällt ihm etwas ein, was die Erinnerung an die schwerste Entscheidung seines Lebens weiter vervollständigt und auch daran, was davor und danach passiert war. Er hatte das Abschalten der Geräte, die Alices Körper versorgten, lange hinausgezögert. Zum Schluss war sie nur noch eine Hülle gewesen, denn ihre Seele war schon vor langer Zeit gegangen. Er hatte sich vorgestellt, sie wäre im Garten am See, im kleinen Pavillon, da hatte sie sich immer am liebsten aufgehalten.

Friedemann erinnert sich an die zwei endlosen Jahre, die er Alice nicht hatte besuchen können. Er war wie ein Stein gewesen, konnte sich mühsam gerade mal im Haus bewegen. Er wäre gestorben, wenn Sonja und Uwe sich nicht um ihn gekümmert hätten. Am Anfang fütterte ihn Sonja wie ein Baby, nachdem er zehn Tage alle Nahrung verweigert hatte. Jeden Tag saß er am Fenster und starrte in den Garten. Die gemeinen Stimmen in seinem Kopf quälten ihn Tag und Nacht.

Erst als sich im dritten Jahr nach dem schrecklichen Ereignis wieder das Frühjahr zeigte, hatte er wieder zu leben begonnen. Eines Morgens war er ganz früh aufgewacht und hatte die Amsel singen hören. So wunderbar hatte sie gesungen. Ein Schmerz hatte sich hinter seinen Augen festgesetzt. Vergeblich hatte er versucht, seine Tränen wegzublinzeln. Warum kann ich nicht auch singen und fliegen wie ein Vogel, hatte er sich gefragt. Dann wäre es für mich ganz einfach, in den Garten zu gehen. Ich könnte dann über alles hinweg fliegen, was ich nicht sehen möchte. Im Rosengarten würde ich Rast machen und die Rosen beschneiden, wie es Alice immer getan hat. Ihre Rosen waren ihr ein und alles. Ich vermisse Alice und die beschaulichen Nachmittage im kleinen Pavillon so sehr, hatte er gedacht und dabei mit zusammengekniffenen Augen in den

Garten gestarrt und laut zu den Stimmen in seinem Kopf gesagt: „Heute gehe ich in den Garten. Da könnt ihr schreien, so viel ihr wollt."

Die Stimmen hatten nie Ruhe gegeben und an dem Tag hatten sie besonders laut gestritten und gequäkt. Er hatte außerdem, und das war neu, ein Ziehen und Zerren in seiner Brust gespürt, sein Puls war gerast und Schweißtropfen hatten sich auf seiner Stirn gebildet. Eine der Stimmen in seinem Kopf hatte gesagt: „Nun stell dich nicht so an. Du bist doch kein Baby mehr. Es ist wunderbares Wetter. Fast schon Sommer. Die Rosen und Büsche müssen beschnitten werden. Die Schere liegt auf dem Terrassentisch. Uwe hat gestern vergessen, sie wegzuräumen. Na los, geh raus, hol sie dir! Du brauchst sie nur für den Garten. Oder wolltest du etwas anderes damit machen?"

„Nein, nur für den Garten," hatte Friedemann geschrien, „und ich weiß, es ist ganz einfach, ich gehe ganz einfach Schritt für Schritt in den Garten. Wer sollte mich aufhalten?" Mühsam hatte er einen Fuß vor den anderen Richtung Terrassentür geschoben, bis er vor der Terrassentür gestanden hatte. Er hatte die Hand gehoben, um sie zu öffnen, sie aber entmutigt wieder sinken lassen.

„Los, Friedemann, nun öffne sie doch! Sei kein Weichei. Aber du schaffst es sowieso nicht, so wie immer. Schwächling!" kreischte die Stimme.

„Nimm dich zusammen," hatte er versucht sich zu motivieren, „es sind nur drei Schritte, dann hast du es geschafft und du bist in deinem wunderschönen Garten."

Dann hatte sich auch die versöhnliche Stimme gemeldet: „Lass dir Zeit. Du musst nichts überstürzen. Aber stell dir vor, wie Sonja und Uwe sich freuen würden, wenn du sie überrascht. Und wenn du wieder rausgehst, kannst Du auch Alice besuchen.

Die ganze Welt steht dir wieder offen. Ich glaube, Alice würde wollen, dass du wieder anfängst zu leben. Ja, Friedemann, denke daran, Alice lebt noch, also lebe du auch."

Das war der ausschlaggebende Satz gewesen, „Alice lebt noch". Auf einmal war alles ganz einfach gewesen. Nachdem er die Tür zum Garten geöffnet hatte, hatte ihn der Duft der Blumen und der Gesang der Vögel wie magisch hinaus gezogen. Das Leben hatte ihn wieder.

Gleich am nächsten Tag hatte er Alice in die kleine Klinik verlegen lassen, in einer Kleinstadt eine Stunde von Starnberg entfernt. Er war danach am Boden zerstört wieder in ihr Haus am See zurückgekehrt. In den beiden Jahren, in denen er ein Stein war, so nannte er es bei sich selbst, hatte er den Gedanken an eine kranke Alice weit weg geschoben. Wenn er an sie gedacht hatte, war sie immer noch die schöne Alice, die lebenslustige Alice, die jeden mit ihrem Gesang verzauberte.

Jetzt, wo ihr Leben auf Messers Schneide stand, nahm er sie das erste Mal als seine Mutter wahr.

Die Ärzte hatten ihm offen gesagt, dass nach zwei Jahren Koma die Chance gering sei, dass seine Mutter wieder aufwachen würde. Als sie gehört hatten, dass Friedemann zwei Jahre in Schockstarre gewesen war und jetzt zum ersten Mal in der Lage war, seine Mutter zu besuchen, hatten sie ihm nicht gleich vorschlagen wollen, die Apparate abzustellen - später allerdings würden sie keine andere Wahl haben.

Friedemann hatte sich in der Kleinstadt eine Wohnung gesucht, um Alice nahe zu sein. Es war eine Wohnung in der Fußgängerzone direkt gegenüber von Rosas kleinem, gemütlichem Café.

Dann hatte er gehört, dass in der Bibliothek ein Mitarbeiter gesucht wurde. Ihm wurde klar gesagt, dass er völlig überqualifiziert sei. Aber er hatte um eine Chance gebeten: Fast zwei

Jahre habe er nicht arbeiten können, er brauche eine Aufgabe und eine Tagesstruktur.

Man hatte seinen Vorschlag angenommen, dass er drei Monate ein unbezahltes Volontariat bei ihnen machen würde. Wenn sie mit ihm nicht zufrieden wären, könne man leicht wieder auseinander gehen. Sie hatten auch akzeptiert, dass er nur bis drei Uhr nachmittags arbeiten wolle, um jeden Tag seine Mutter in der Klinik besuchen zu können. Nun arbeitete er schon zwei Jahre in der Bibliothek und man war sehr zufrieden mit ihm.

Friedemann hatte sich seinen Tag genau eingeteilt, er brauchte einen genau strukturierten Ablauf, um Panikattacken zu vermeiden. Das war seit seiner Internatszeit so und hatte sich in seiner Studienzeit noch verstärkt. Nun, nach seiner Zeit „als Stein" konnten ihn schon fremde Menschen aus der Fassung bringen, wenn sie ihm zu nahe kamen. Besonders schlimm war es bei alten

Männern mit Rollator. Und ausgerechnet an dem Tag der schwersten Entscheidung seines Lebens hatte sich ein alter Mann mit Rollator beim Verlassen der Klinik zu dicht an ihn heran gedrängelt. Friedemann hatte sich nicht beherrschen können und ihn angefaucht: „Verschwinden Sie, sonst mache ich Ihnen Beine!"

Er konnte sich selber nicht verstehen. Wie war es möglich, dass er jemanden so beschimpfte? Irgendetwas an dem alten Mann hatte eine unangenehme Erinnerung in ihm wach gerufen, aber welche? Von den Umstehenden hatte er nur unverständliches Kopfschütteln geerntet.

Wie ein Verfolgter war er zu seinem Fahrrad gerannt, mit dem er wie jeden Tag zur Klinik gefahren war. Die Hinfahrt hatte er immer für sein körperliches Gleichgewicht gebraucht und die Rückfahrt, um seine seelischen Qualen abzubauen. Jetzt wollte ihm das nicht gelingen, Tränen flossen in einem schier unendlichen Strom über sein Gesicht. Am kleinen Waldfriedhof hatte er Halt gemacht.

Schon oft hatte er hier auf einer der Bänke gesessen, es war so friedlich und vor allem im Frühjahr hörte man ein vielstimmiges Vogelkonzert. Manchmal hatte er daran gedacht, hier einen Platz für Alice zu kaufen. Sich dann aber sofort wieder zur Ordnung gerufen, denn er wusste genau, wo ihre Urne beerdigt werden sollte, neben dem kleinen Pavillon im Garten, und außerdem hatte er ja immer gehofft, dass sie wieder gesund würde.

Manchmal hatte er in den letzten zwei Jahren auch gedacht, Alice hätte die Amsel, die ihn erlöst hatte, geschickt. Ihr zauberhafter, lieblicher Gesang hatte ihm vielleicht von ihr sagen sollen: Ich bin hier, lass mich los. Aber Friedemann ist ebenso klar, dass er sich diese zwei Jahre auch etwas vorgemacht hatte. „Ich konnte es einfach nicht akzeptieren. Bitte verzeih mir, Alice," schluchzte er, „ich hätte dich schon früher erlösen sollen."

Als er aufgestanden war, um seinen Heimweg fortzusetzen, waren die Tore abgesperrt, man hatte ihn einfach übersehen. Beim Überklettern des Zaunes hatte er seine Hose am Stacheldraht aufgerissen und sich blutige Schrammen geholt, als er in die Brombeerbüsche hinter dem Zaun fiel. Sein wütender Schrei hatte allerdings mehr der Tatsache gegolten, dass er wieder einmal Hindernisse auf seinem Weg in ein normales Leben überwinden musste. Es hatte in ihm gebrodelt und gegärt, laut schreiend hatte er versucht, die Büsche nieder zu trampeln. Aber immer war einer der dicken, stacheligen Zweige zurückgeschlagen und hatte ihn verletzt, als wenn der Busch sich standhaft gegen seine Vernichtung wehren würde. Erschöpft hatte Friedemann nach einigen Minuten vom Busch abgelassen und sich auf sein Rad geschwungen. Voller Wut hatte er in die Pedale getreten und nicht bemerkt, dass er in die falsche Richtung fuhr. Erst nachdem er sich beruhigt hatte, hatte er sich gewundert, dass der Wald kein Ende zu nehmen schien. In dieser Gegend war er noch nie gewesen. Es war still, so still, dass es in seinen Ohren rauschte. Irgendwann muss ja dieser Wald enden und wenn ich an eine Straße komme, kann ich mich wieder orientieren, hatte er sich gesagt.

Was danach passiert war, war aus seinem Kopf wie weggeblasen, jedenfalls bis er jetzt sein Fahrrad in den Keller bringen will. Schockiert schaut er sein Rad an. Es ist wie immer sicher in dem kleinen Vorgarten angeschlossen, aber was da steht, ist nur noch ein Wrack, ein Fall für den Sperrmüll. Das Vorderrad ist verbogen, Schutzblech und Sattel fehlen. Die Kette ist mehrfach gerissen und die Lampe zerbrochen. Zwischen den Speichen klemmen Gras und Zweige, alles ist überzogen mit schlammigem Schmutz.

Ich bin gestolpert, fällt ihm ein. Worüber? Keine Ahnung. Aber danach bin ich einen steilen Abhang hinuntergestürzt. Das Fahrrad habe ich sofort losgelassen und nicht damit gerechnet, dass es mir folgt. Unten bin ich mit einem harten Aufprall angekommen, das weiß ich auch noch. Ich wollte mich gerade aufrappeln, als mein Fahrrad auf mich fiel. Die Wucht war so heftig, dass ich vor Schmerz ohnmächtig wurde. Wie lange habe ich da wohl gelegen? Und danach? Wie bin ich nach Hause gekommen? Ich weiß nichts mehr, totale Leere im Kopf.

Friedemann tritt gegen das Hinterrad, aber es kommt keine weitere Erinnerung, nur Dreck und Gräser lösen sich. Ich werde schnell zu Rosa gehen und ihr Bescheid sagen, dass ich ein paar Tage nicht komme. Und vielleicht fällt mir auf der Fahrt nach Starnberg mehr ein. Besser daran als an das Haus am See zu denken. Wie soll ich es da aushalten? Gut, dass Sonja und Uwe mir helfen werden.

Der Wendepunkt

Die Außentische des Caféa haben sich inzwischen geleert und er findet Pierre drinnen. Da ist noch jeder Tisch besetzt, jetzt ist die Zeit der Rentner. Wenn früh morgens die Berufstätigen weg sind, trudeln sie nach und nach ein. Die meisten kennen sich untereinander und sitzen oft zu dritt oder viert an einem Tisch und nehmen sich Zeit. Zeit für ihren Kaffee, Zeit für die Zeitung, Zeit für die Politik. Das zieht sich oft zwei Stunden hin und wie nach einer geheimen Absprache machen die Rentner gegen Mittag dann wieder Platz für die Berufstätigen und für die shoppenden Frauen.

Rosas Café ist bekannt für die feinen Kuchen, Pizzen und kleinen Mittagsgerichte. Viele Gäste haben ihren Stammplatz und feste Zeiten, zu denen sie kommen. Ihr Tisch ist dann schon fertig gedeckt und das Essen bereit, die meisten haben schon einen Tag zuvor bestellt. Man kennt sich und vertraut sich. In einer Kleinstadt ist manches einfacher, wenn alles hundertprozentig stimmt, hat Rosa einmal Friedemann erklärt. Nur einen Fehler können wir uns nicht leisten, denn der wäre auch sofort in der ganzen Stadt rum.

Friedemann wundert sich. Genau wie heute Morgen sieht er nur Pierre. Warum ist denn alles so durcheinander? Wo ist Rosa? „Wo ist Rosa", ruft er laut.

Die Köpfen der Gäste zucken hoch. Pierre dreht sich ruckartig um und schlägt eine Hand vor den Mund. „Wie siehst Du denn aus? Bist Du auch überfallen worden, wie Rosa? Ich fasse es nicht. Was ist denn im Moment los? Ich drehe noch durch. Ich habe noch zu ihr gesagt, geh nicht mit diesem Kerl weg, er ist mir nicht geheuer. Und was passiert? Er hat das NEIN nicht verstanden. Brutal ist er über sie hergefallen, sie war schon bewusstlos. Zum Glück ist einer mit einem völlig kaputten

Fahrrad unten am Fluss vorbeigekommen und hat den Kerl weggerissen und geschlagen. Dann hat er die Polizei und den Krankenwagen gerufen. Dabei soll er selber verletzt gewesen sein und aus einer Kopfwunde geblutet haben, sagten mir die Sanitäter. Er soll vorher mit seinem Fahrrad gestürzt sein und war deswegen zu Fuß unterwegs. Stell dir das mal vor, normalerweise wäre er oben auf der Straße gefahren. Von da aus bekommt man nicht mit, was unten im Dunkeln am Wanderweg passiert. Bei Liebespärchen sind die Bänke da unten ja sehr beliebt, aber gestern waren anscheinend keine da. Ich mag gar nicht daran denken, was noch alles hätte passieren können. Vielleicht hätte der Kerl Rosa ermordet. Oh Gott oh Gott, ein Glück, dass jemand vorbei gekommen ist. Stell dir das mal vor, der war selber verletzt und hilft, was für ein toller Mensch. Die Polizei hat den Retter später nach Hause gefahren und nach dem anderen Kerl eine Fahndung rausgegeben. Noch in der Nacht hat die Polizei bei mir geklingelt und ich bin zu Rosa ins Krankenhaus gefahren. Heute Abend kann sie schon wieder entlassen werden, sie wollten sie nur noch genau untersuchen. Ach, ich bin so froh, dass alles so gut abgegangen ist. Das wird ihr hoffentlich eine Lehre sein und sie wird auf uns hören. Du mochtest ihn doch auch nicht. Ich erinnere mich, dass du sagtest, er sei dir unheimlich. Ja, unheimlich, hast du gesagt. Naja, lassen wir das. Nun erzähl mal, was ist dir passiert und warum bist du heute Morgen nicht gekommen?"

Das alles war aus Pierre nur so herausgesprudelt. Nun schaut er Friedemann fragend an. „Was ist los mit dir? Nun sag was. Was ist passiert?"

Friedemann hält sich mit Mühe aufrecht. Ihm ist wieder schwindelig und er muss sich am Stuhl festklammern. Als Pierre von dem kaputten Fahrrad erzählt, läuft es ihm kalt den

Rücken runter. Verschwommene Bilder huschen durch seinen Kopf und er erinnert sich daran, dass er gestern Abend mit seinem Fahrrad am Fluss lang gegangen war.

Nach seinem Sturz hatte er einige Zeit gebraucht, um wieder einigermaßen klar zu denken. Sein Vorderrad war im Eimer und sein Sattel war weg. So hatte er nur schieben können und traf nach kurzer Zeit auf einen Weg, der ihm bekannt vorkam. Ihm war speiübel gewesen, jeden Moment hatte er geglaubt, sich übergeben zu müssen, und seine Kleidung war stark verschmutzt. Darum war er auf den Weg am Fluss lang abgebogen, wo ihn keiner sehen konnte.

Er war noch nie hier unten entlang gegangen, aber er wusste, dass sich hier gerne Liebespaare trafen. Ihre Bank war etwas von Büschen verdeckt und er hätte er sie nicht wahrgenommen, wenn nicht Stimmen aus der Richtung gekommen wären. Zuerst waren es zwei Stimmen, eine Frau und ein Mann, es hörte sich wie ein Streit an. Friedemann war schon fast vorbei, als er ein lautes NEIN hörte und gleich danach ein Klatschen wie von einer kräftigen Ohrfeige. Danach ein Stöhnen und nur noch das Geschrei eines Mannes. „Du nichtsnutziges Miststück! Dir werde ich es zeigen! Erst mich anmachen und dann nein sagen und bitte, bitte nicht jammern. Nicht mit mir, ich hole mir mein Recht!"

Zwischendurch waren Geräusche zu hören, als wenn jemand auf einen Sandsack einschlug. Sofort war Friedemann klar, da misshandelt ein Mann auf brutalste Weise eine Frau. Seine Nackenhaare stellten sich hoch und ohne weiter zu überlegen, stürzte er zur Bank. Er riss den Kerl von der Frau und knallte ihm seine Faust auf die Nase, aus der gleich Blut schoss. Sein Geheul war gewaltig, aber er war so überrascht, dass er sich nicht gleich zur Wehr setzte und Friedemann ihm sofort noch mehrere Schläge auf die Brust verpassen konnte. Der Mann schrie und rannte in gebückter Haltung davon.

Friedemann beugte sich über die Frau, die wie leblos dalag. Erst da sah er, dass es Rosa war. Der Kerl hatte sie geschlagen, getreten und gewürgt.

Der Krankenwagen war vor der Polizei da und Rosa wurde gleich nach der Erstversorgung ins Krankenhaus gebracht. Sie war noch nicht aus ihrer Ohnmacht erwacht und so war es Friedemann, der ihnen ihren Namen und die Telefonnummer von Pierre gab.

Ganz so einfach war es für ihn mit der Polizei nicht, denn die Beamten waren misstrauisch. Was auch angesichts seines äußeren Zustands verständlich war. Aber Friedemann konnte ihnen glaubhaft versichern, dass er nicht derjenige war, der Rosa überfallen hatte. Nach der Befragung fuhren sie ihn dann noch nach Hause. Jetzt erinnert sich Friedemann daran, sie hatten noch sein Fahrradwrack angeschlossen, wobei der eine Beamte gemeint hatte: „Den Schrott nimmt sowieso keiner mit."

Jetzt schaut ihn Pierre immer noch fragend an. Er weiß zwar, dass Friedemann kein Plappermaul ist und dass man ihm viele Ereignisse aus der Nase ziehen muss. Aber er würde gerne wissen, wer ihn so schlimm zugerichtet hat und warum er zittert wie Espenlaub. Er hat Angst, dass Friedemann umkippt, so hat er ihn noch nie erlebt. Schnell schiebt Pierre ihm einen Stuhl unter.

Friedemann muss mehrmals ansetzen, bis ein vernünftiger Satz bei ihm rauskommt. „Ich bin der mit dem kaputtem Fahrrad. Ich habe Rosa gerettet."

Ja, denkt er, ein Leben habe ich gestern beendet und ein anderes habe ich beschützt. Was für eine Schicksalsfügung, was für ein in doppelter Hinsicht denkwürdiger Tag. Wenn ich doch nur auch meine Mutter vor vier Jahren hätte retten können, als ich sie mit bloßen Händen aus der schweren Gartenerde ausgrub, schoss ihm durch den Kopf.

Den Gedanken an dieses Ereignis hatte Friedemann vier Jahre lang nicht zugelassen. Nun nahm er ihm fast den Atem. Und ihm wurde klar, dass auch sein Ekel vor Dreck aller Art damit zusammenhängen musste. Am Vorabend, nachdem die Polizei ihn nach Hause gebracht hatte, hatte er anscheinend einen totalen Blackout gehabt, sonst hätte er sich nicht so verdreckt ins Bett gelegt. Es beruhigt ihn unendlich, dass der Blackout seinen Grund im Hier und Jetzt und nicht in der Vergangenheit hatte. Er fühlt sich das erste Mal seit seinem Erwachen wieder sicher.

Pierre ist schier aus dem Häuschen: „Du? Du bist der mit dem kaputten Fahrrad? Was hast du denn da unten am Fluss gemacht? Ach, egal. Hauptsache, du warst zur richtigen Zeit zur Stelle. Willst du heute Abend rüber kommen und mit uns essen? Ich werde Rosas Lieblingsgericht kochen. Was meinst du, wie die sich freuen wird, dass ausgerechnet du ihr Lebensretter bist."

Friedemann erhebt sich mühsam und sagt: „Ich muss dich enttäuschen. Es tut mir leid. Ich kann nicht kommen, ich muss mit Sonja nach Hause fahren. Sie wartet oben auf mich. Meine Mutter ist tot und wir müssen für Alices Beerdigung alles vorbereiten. Ich wollte dir nur schnell den Schlüssel bringen. Ich habe noch Wäsche in der Maschine. Kümmerst du dich bitte darum, dass sie zum Trocknen auf die Leine kommt? In einigen Tagen bin ich wieder zurück."

Pierre starrt ihn mit offenen Mund an: „Du hast nie was von deiner Mutter erzählt. Und Alice ist auch tot? Was ist denn passiert, war es ein Unfall? Und wann sind sie gestorben?"

„Ich erkläre euch alles, wenn ich wieder zurück bin. Alice ist meine Mutter und ich würde mich freuen, wenn ihr zu ihrer Urnenbeisetzung kommen könnt. Es wird nur ein ganz kleiner Kreis sein. Ich werde keine

Traueranzeige aufgeben, denn ich will die Presse nicht dabei haben. Vor vier Jahren haben sie sich wie die Geier auf das Verbrechen gestürzt, an dessen Folgen sie jetzt gestorben ist. Ich war froh, als wieder Ruhe war, und so soll es auch bleiben." Vorsichtig umarmt er Pierre und verlässt schnell das Café.

Zurück bleibt ein völlig erstaunter Pierre. Noch nie in den zwei Jahren, die sie sich kennen, hatte Friedemann einen körperlichen Kontakt zugelassen, geschweige denn, ihn selbst gesucht. Und jetzt eine Umarmung! Mit großen Augen schaut Pierre ihm hinterher und bemerkt, dass Friedemann trotz seiner offensichtlichen Schmerzen einen viel leichteren Gang hat. Als wenn ihm eine große Last von den Schultern genommen wurde, denkt Pierre.

Er beobachtet, dass Friedemann nach kurzer Zeit mit Sonja aus dem Haus kommt. Sie hat sich bei Friedemann eingehängt und strahlt ihn glücklich an. Sie ist nur einen Kopf kleiner als Friedemann und eine typische nordische Schönheit mit einer starken Ausstrahlung. Auch mit ihren über vierzig Jahren sind ihre Haare noch weißblond. Sie trägt sie schlicht hinten zusammengebunden, wie zu einem Pferdeschwanz. Obwohl sie nicht unbedingt der mütterliche Typ ist, geht doch etwas Beschützendes von ihr aus. Pierre ist sich sicher: Sie würde für Friedemann alles tun und ihn mit Klauen und Zähnen verteidigen. Beruhigt geht er zurück ins Café.

Die Reederei wird verkauft

Auf der Zugfahrt nach Hause erinnert sich Friedemann wieder, wie gut die Urgroßmutter alles noch für Familie geregelt hatte. Aber sie hatte nicht mit der Gemeinheit ihres Sohnes gerechnet. Zwei Wochen, nachdem Alice nach ihrer Flucht vor dem ehemaligen Geliebten nach Hamburg an den Starnberger See zurückgekehrt war, war die Reederei verkauft worden. Zur allgemeinen Zufriedenheit der Familie. Nur Alices Vater war wütend und stieß wüste Beschimpfungen aus. Aus dem Verkauf der Reederei bekam er nichts, da er ja sein Erbe schon vorher erhalten hatte. Aber Alice bekam einen nicht unbeträchtlichen Betrag, da sie auch Anteile an der Firma besaß. Ihr Vater drohte: Das würde ihnen allen noch sehr leid tun. Aber erst, als er erfuhr, dass auch das weiße Haus an der Alster verkauft werden würde, drehte er richtig durch. Er raste durch das Haus und zertrümmerte, was ihm in die Finger kam. Er bedrohte seine eigene Mutter und würgte sie.

Seine Schwestern riefen die Polizei, weil weder sie noch die Hausangestellten ihn zur Vernunft bringen konnten. Aber bevor die Polizei eintraf, hatte er sich aus dem Staub gemacht und keiner wusste, wohin er verschwunden war.

Die Schwestern alarmierten vorsorglich Alice, damit sie Bescheid wüsste, falls ihr Vater bei ihr auftauchen würde. Aber wahrscheinlich sei er bei einer seiner Geliebten untergetaucht oder in irgendeinem Spielsalon versackt.

Vierzehn Tage nach diesem Übergriff starb die Urgroßmutter. Mit ihren beiden Töchtern hatte sie ihr neues Testament noch notariell beglaubigen lassen.

Die Töchter hatten vor einiger Zeit zusammen eine geräumige Penthouse-Wohnung gekauft und wollten dort gleich nach der Beerdigung einziehen. Ihr ganzes bisheriges Leben hatten sie zusammen gearbeitet und gelebt und jetzt, wo ein neuer Abschnitt beginnen würde, wollten sie auch den gemeinsam gestalten. Es war ihr Vorschlag gewesen, dass ihre Mutter in ihrem Testament den Verkauf des Elternhauses verfügen sollte. Jetzt, nach dem Angriff auf die Mutter, der wahrscheinlich zu ihrem Tod beigetragen hatte, waren sie froh, dass sie zukünftig nichts mehr mit ihrem Bruder zutun haben müssten, der bis zum Verkauf noch in dem Haus wohnte.

Von dem Erlös des Hauses würde der Bruder seinen Pflichtanteil bekommen und der Rest sollte durch drei geteilt werden und an die Schwestern und Alice gehen. Die Tanten waren zufrieden, sie gönnten Alice ihren Anteil, denn das Geld würde ja auch Friedemann zugute kommen und den liebten sie sehr. Sie waren immer so stolz auf ihn gewesen, als wenn er ihr eigener Sohn wäre, und hatten seinen Lebensweg aufmerksam verfolgt.

Die Beerdigung war ein richtiges Schaulaufen der hanseatischen Gesellschaft. Eine Ära ging zu Ende und eine Dynastie verlor ihre Bedeutung. Die beiden Töchter hielten sich tapfer, obwohl sie wussten, so ohne ihre Mutter und ohne die Firma würde sich erst einmal ein tiefes Loch für sie auftun.

Der Bruder kam theatralisch mit einem Rollator und dicker schwarzer Sonnenbrille. Er betupfte sich in Abständen die Augen, beim genauen Hinsehen erblickte man ein blaues Auge, das er aber ganz schnell wieder mit seiner Brille bedeckte. Als jeder eine Blume in das Grab warf, seine Mutter hatte verfügt, auf keinen Fall sollte Erde auf sie geworfen werden, heulte er laut „Mama, ich liebe dich." Nachdem er einen kleinen Strauß Rosen ins Grab geworfen hatte, stützte er sich auf den Rollator und tat so, als wenn er zusammenbrach.

Erstaunt nahmen die Menschen zur Kenntnis, dass zwei schwarzgekleidete stämmige Männer von der Seite kamen, ihn zwischen sich nahmen und lässig hochhoben. Er ließ sich mehr schleifen, als dass er ging. Sie brachten ihn zum Ausgang, den Rollator zog einer der beiden hinter sich her.

Murmelnd steckte die Trauergemeinde die Köpfe zusammen und verließ kopfschüttelnd den Friedhof. Die Familie hatte sich eng zusammengestellt und hielt sich an den Händen. Für sie war der Auftritt mehr als peinlich, denn die sogenannte gute Gesellschaft würde sie das spüren lassen. Jeder konnte sehen, was die beiden Männer darstellten, und keiner wollte damit in Berührung kommen. Auch wenn es in jeder Familie Risse gab und so manches unter den Teppich gekehrt wurde, nach außen hin gaben sich alle seriös und was hier gerade geschehen war, würde an ihrem guten Ruf kratzen.

Friedemann war gleich nach der Beerdigung wieder zurück nach England geflogen, da noch einige wichtige Prüfungen anstanden. So bekam er nicht mit, was sich am nächsten Tag beim Notar abspielte. Sonja war es, die ihm davon berichtete, weil sie immer noch so empört war. Aber einiges musste sie auf Alices Wunsch für sich behalten, weil Friedemanns Mutter vermeiden wollte, dass er sich aufregte. Er solle in Ruhe seine letzten schwierigen Prüfungen machen, dafür brauche er seine ganze Konzentration, war ihr Argument.

Nach der Beerdigung hatte im weißen Haus an der Alster, bevor es an die neuen Besitzer ging, noch einmal ein großer Empfang stattgefunden. Es war ein Abschied vom bisherigen Leben der Familie und ein Fair Well für die Seniorin. Das ganze Haus war üppig mit Blumen geschmückt. Das Büffet bot die feinsten Leckereien und es wurde manche Episode aus dem Leben der

Patriarchin der Familie erzählt, denn die meisten Gäste kannten sie schon lange und nicht nur von ihrer starken Seite. Es wurde geweint und gelacht.

Der Sohn hatte sich den ganzen Abend nicht gezeigt. Erst am nächsten Tag, als der Notar zur Verlesung des Testaments kam, wurde er von einer schwarzen Limousine mit blickdichten Scheiben gebracht. Einer der Männer, die ihn am Vortag vom Friedhof abgeholt hatten, holte seinen Rollator aus dem Wagen. Er gab Alices Vater einen kleinen Stoß in Richtung Haus, nachdem er ihm vertraulich die Schulter getätschelt hatte. Danach stieg er grinsend wieder ins Auto und fuhr mit viel Gas und aufspritzendem Kies davon.

Schlurfend kam Alices Vater ins Haus und klammerte sich an seinen Rollator. Seine Kleidung wirkte ungepflegt, er war unrasiert und eine dicke Alkoholfahne wehte ihm voran. Alice wandte sich angeekelt von ihrem Vater ab und seine Schwestern rissen sofort die Fenster auf und baten den Notar um Beeilung, da sie es mit ihren Bruder nicht lange aushalten würden.

Auch Sonja war zur Testamentseröffnung eingeladen, sie wusste schon, sie sollte zwei besonders wertvolle Bilder bekommen, die ihr immer so gefallen hatten, als Andenken und als Dankeschön für sie und Uwe. Denn Alices Großmutter hatte genau gewusst, wer den Haushalt und die Arbeit mit Alice meisterte. Die beiden hatten von ihr auch jedes Mal, wenn sie im Sommer zum Haus am See kam, ein besonderes Geschenk bekommen.

Als das Testament verlesen wurde, spürten alle, wie die Wut in Alices Vater hochkochte, auch wenn er sie lange im Griff hatte. Immer wieder stieß er mit dem Fuß gegen den Schreibtisch, an dem der Notar saß. Er kratzte sich und gähnte und tat so, als wenn ihn das alles nicht interessierte. Dabei konnten alle seine Ungeduld spüren. Als ihm klar wurde, dass er sein Geld erst bekommen würde, wenn das Haus verkauft und bezahlt sein würde, rastete er aus. Er sprang hoch, gab voller Wut seinem Rollator einen Tritt und stürzte auf Alice zu. Von körperlicher Behinderung war nichts mehr zu spüren.

Alles ging so schnell, dass keiner gleich reagieren konnte. So konnte er Alices Hals umklammern und sie würgen. Dabei stieß er wüste Beschimpfungen aus und seine Augen traten dabei fast aus den Höhlen und der Speichel tropfte. Seine beiden Schwestern versuchten vergeblich, ihn von Alice wegzuzerren, die röchelte und schon die Augen verdrehte. Erst als Sonja mit einem Briefbeschwerer auf ihn einschlug, ließ er los und kippte auf den Teppich. Er wimmerte und jammerte, aber keiner half ihm auf.

Die Angestellten des Notars hatten den Tumult mitbekommen und waren herbei geeilt. Alle kümmerten sich um Alice, die langsam wieder durchatmen konnte und ihre normale

Gesichtsfarbe zurück bekam. Vorsichtig wurde ihr ein Cognac eingeflößt, ihr Rücken wurde beklopft und ihre Hände wurden gestreichelt, bis sie mit rauer Stimme sagte: „Nun ist gut. Ich lebe noch."

In dem ganzen Durcheinander hatte sich ihr Vater mit seinem Rollator unbemerkt aus dem Haus davongemacht. „Soll ich die Polizei rufen?" fragte der Notar. „Nein", beschied ihm Alice „wir regeln das in der Familie. Wir werden uns nicht auf sein Niveau begeben. Aber wir werden unsere Vorkehrungen treffen."

Nachdem Alice, Sonja und Uwe nach Hause zurückgekehrt waren, berieten sie, was zu tun sei. Sie wussten, dass der Vater in kriminellen Kreisen verkehrte und sicher von irgendwem unter Druck gesetzt wurde, wahrscheinlich, weil er wieder hohe Schulden bei gewissen Leuten hatte.

Als erstes wurden überall neue Schlösser und eine Alarmanlage eingebaut. Außerdem auf dem Grundstück Bewegungsmelder installiert, die mit Licht und Sirene kombiniert waren. Eine Sicherheitsfirma übernahm nicht nur den Einbau, sondern auch die Betreuung, falls Alarm ausgelöst würde, wären sie in kürzester Zeit vor Ort.

So fühlten sich die drei auf dem Anwesen am Starnberger See einigermaßen sicher. Und es war ja schon Anfang Mai, in wenigen Wochen würde Friedemann nach Hause kommen. Vielleicht würden sie alle vier auch einfach schon früher nach Neuseeland fliegen. Sie hatten ja keine Verpflichtungen und konnten tun und lassen was sie wollten. Die Arbeiten im Garten waren alle besprochen und der Gärtner wusste Bescheid. Für das Schwimmbad mussten nur noch die Kacheln ausgesucht werden und das wollte Alice zusammen mit Friedemann tun. Die Baufirma hatte schon den Aushub gemacht, der als Berg unter Alices Balkon auf die Abschlussarbeiten wartete.

Je weiter die Bauarbeiten voranschritten, desto sicherer wurde Alice, dass sie den Sommer nicht zu Hause verbringen wollte. Sonja und Uwe stimmten zu, aber bevor sie für längere Zeit wegführen, würden sie gerne noch Sonjas Verwandtschaft in Schweden besuchen, nur für acht Tage: „Wir sind rechtzeitig wieder zurück, damit wir drei gemeinsam Friedemann abholen können."

Sonja und Uwe hatten Alice versprechen müssen, Friedemann erst einmal nichts von dem Angriff ihrer Vaters auf sie bei der Testamentseröffnung zu erzählen. Aber sie waren der Meinung, er müsse wissen, dass man bei ihrem Vater mit allem rechnen müsse, nicht, dass er ihn aus Unkenntnis als netten Opa ansehen würde, der ihm leid tat. Alice wollte ihm erst davon erzählen, wenn Friedemann wieder zu Hause wäre, spätestens, bevor sie ihren Vater treffen würde, denn sie wollte ihm ein letztes Mal eine größere Summe Geld zur Verfügung stellen. Damit könne er seine Schulden begleichen, erklärte sie Sonja und Uwe. Sie würde ihm dann mitteilen, dass sie das übrige Geld Friedemann übertragen hätte. „Wenn Friedemann da ist, gehen wir gleich am nächsten Tag zum Unterschreiben zum Notar, da ist alles schon vorbereitet. Dann kann mein Vater kein Geld mehr von mir verlangen und wir wären sicher vor ihm."

Dass ihr Vater andere Pläne haben könnte und die auch durchziehen würde, machte Alice sich nicht klar, wohl aber Sonja und Uwe. Beide beschworen Alice, das auf keinen Fall zu machen. Nie würde er Ruhe geben, sagte Sonja: „Er ist ein durch und durch schlechter Mensch. Wie willst du dich dagegen absichern, dass er nicht nach kurzer Zeit wieder vor der Tür steht, wenn du ihm jetzt Geld gibst, und was, wenn er dann wieder gewalttätig wird?".

Aber Alice hatte nicht auf sie hören wollen: „Aber er ist doch mein Vater und er hat sich entschuldigt. Er wäre so betrunken gewesen und der Kummer um den Tod seiner Mutter hätte ihn nicht zurechnungsfähig reagieren lassen. Man muss ihm doch noch eine Chance geben und wenn alles Friedemann gehört, habe ich ja kein Geld mehr, das ich ihm geben könnte. Ich habe schon mit dem Anwalt gesprochen, dass er sich mit meinem Vater in Verbindung setzen soll. Ich habe vorgeschlagen, dass er zwei Tage nach Friedemanns Rückkehr zu uns kommt und wir alles regeln."

Hätte Alice gewusst, dass ihr Vater ihre Mutter kaltblütig ermordet hatte, wären ihr nie Gedanken an einen versöhnlichen Ausgang gekommen und ganz bestimmt hätte sie ihm nicht noch Geld gegeben. Aber ihre Großmutter hatte dieses Geheimnis bewahrt, erst als ihre Töchter später ihren Sekretär ausräumten, fanden sie ihr Tagebuch, in dem sie sich alles von der Seele geschrieben hatte. Da war es schon zu spät.

So, wie es war, ließ sich Alice durch keine Argumente, keine Bitten und kein Flehen umstimmen. Selbst als Sonja die Tanten informierte und die sich mit Alice in Verbindung setzten und sie warnten, ließ sie sich nicht umstimmen: „Er ist mein Vater. Ich kann mir nicht vorstellen, dass er es ausschlägt, wenn ich mich mit ihm versöhnen will. So kann doch unsere Zukunft nicht aussehen, dass wir immer Angst vor ihm haben."

Von all dem wusste Friedemann nichts. Dass etwas nicht stimmte, merkte er jedoch, als Sonja das nächste Mal mit ihm telefonierte. Auf seine Frage: „Was ist los? Hast Du Kummer?" hatte sie nur geantwortet: „Ich glaube, Alice macht einen großen Fehler. Sie will sich mit ihrem Vater versöhnen. Die Tanten und wir halten das für keine gute Idee. Er soll in obskuren Kreisen verkehren."

Friedemann, der seinen Großvater im Grunde überhaupt nicht kannte, wusste nicht so recht, wie er das einordnen sollte. Alices Vater hatte nie eine Rolle in seinem Leben gespielt, immer waren es die Urgroßeltern, Alices Mutter und die Tanten und vor allem Sonja und Uwe, die für ihn die Familie darstellten. Nur ab und zu hatte er mal etwas über seinen Großvater munkeln gehört und er erinnerte sich an einen seltsamen Auftritt im Haus am See. So sagte er jetzt: „Ich glaube, Du machst dir zu viele Sorgen. Wenn wir dabei sind, was soll er da schon machen. Wir werden Alice schon beschützen. Ich freue mich schon auf euch."

Hätte Sonja ihm nur erzählt, was bei der Eröffnung des Testaments seiner Urgroßmutter passiert war, dass Alices Vater da seine Tochter fast erwürgt hätte! Dann hätte Friedemann sicher nicht so unbedarft reagiert und vielleicht hätte dadurch viel Leid verhindert werden können. Wie oft hat Sonja sich später Vorwürfe gemacht, dass sie nicht ihrem Bauchgefühl gefolgt war!

Eine ungeheuerliche Tat

Sonja sitzt während der Fahrt nach Hause still neben Friedemann. Sie wirkt erschöpft und spielte nervös mit dem Bügel ihrer Handtasche. Ihre Gedanken gehen vier Jahre zurück. Was wäre gewesen, wenn das Flugzeug aus London damals pünktlich gelandet wäre? Wenn sie nicht später als geplant zu Hause angekommen wären? Was wäre gewesen, wenn Alice nicht die Idee gehabt hätte, dass Uwe ein paar Fische fangen sollte, weil Friedemann so gern gegrillten Fisch aß? Wenn Uwe einfach nein gesagt hätte zu Alices Bitte? Alle diese Fragen hatte sie sich schon tausende Male gestellt. Die Antwort war immer dieselbe: Der Vater hätte nie die Tat ausführen können, wenn jemand zweites da gewesen wäre.

So lebten sie alle mit einem Gefühl der Schuld, auch wenn sie objektiv keine Schuld an dem hatten, was passiert war. Auch die Tanten machten sich später Vorwürfe: Warum hatten sie nicht schon früher den Sekretär ihrer Mutter ausgeräumt? Sie fanden ihr Tagebuch erst nach der neuen grausamen Tat ihres Bruders und mussten dann feststellen, dass er nicht nur seine Tochter, sondern auch seine Frau auf dem Gewissen hatte.

Alle empfanden es als gerechte Strafe, dass er vier Tage nach seiner Tat aus dem Starnberger See gefischt wurde. Selbstmord wurde gesagt. Er hätte sich mit seinem Rollator in den See gestürzt. Er hätte wohl den großen Kummer um das Leid seiner Tochter nicht ausgehalten, wurde angenommen. Keiner widersprach dem oder hinterfragte diese Erklärung. Auch wenn einige es definitiv besser wussten.

Sonja hätte gerne jetzt mit Friedemann über das, was damals am See passiert war, gesprochen, aber der Zug war nicht der passende Ort dafür. Sie würde warten müssen, bis sie zu Hause sind. Außerdem wäre es viel besser, wenn Uwe dabei wäre, denn Uwe hatte ja viel mehr mitbekommen, was sich zwischen Alice und ihrem Vater zugetragen hatte. Obwohl er sich vieles erst im Nachhinein hatte zusammenreimen können.

Sonja war es damals gewesen, die Friedemann vom Flughafen in München abholte. Das Flugzeug hatte zwei Stunden Verspätung und Sonja bummelte durch die Einkaufsmeile. Bei Feinkostkäfer konnte sie nicht widerstehen und kaufte noch diverse Leckereien. Zum Abendbrot wollte sie die als Überraschung präsentieren und die gegrillten Fische würden dazu eine wunderbare Ergänzung sein. So würde sie nicht kochen müssen und sie hätten viel mehr Zeit zum Klönen und um Zukunftspläne zu besprechen.

Friedemann und sie waren damals freudig erregt nach Hause aufgebrochen. Sie hatte vorher noch eine Nachricht an Uwe geschickt, dass der Flug Verspätung gehabt hätte und sie erst am Nachmittag ankommen würden, er solle bitte Alice Bescheid geben.

Uwe war, nachdem Sonja zum Flughafen aufgebrochen war, noch kurz zu Alice gegangen und hatte ihr Bescheid gesagt, dass er jetzt zum Fischefangen auf den See rausfahren würde: „Oder hast du es dir überlegt und ich soll lieber hier bleiben?"

Lachend hatte Alice ihn zur Tür geschoben und erklärt: „Mir geht es gut! Heute kommt Friedemann endlich zurück. Morgen gehe ich mit ihm zum Notar und überschreibe ihm alles. In zwei Tagen ist alles mit meinem Vater geregelt, dann können wir die Koffer packen und Neuseeland, wir kommen! Was seid ihr nur für Bangbüxen! Ich wünsche dir Petri heil."

Das sollte das Letzte sein, was Uwe sie hat sagen hören: Bangbüxen und Petri Heil. Aber das konnte er da noch nicht wissen. Alice ging auf den Balkon, winkte ihm vergnügt zu und zeigte mit dem Abstand ihrer Hände, wie groß die Fische sein sollten, die er zum Grillen fangen sollte.

Dann hörte Uwe laute Musik, die ihn bis auf den See begleitete. Alice würde laut mitsingen, das wusste Uwe. Sie nutzte jede Möglichkeit, im Freien zu singen. „Das härtet meine Stimmbänder ab", war ihre Meinung. Die Nachbarn störte ihr Gesang in der Regel nicht, „Nur bitte nicht so früh", hatten sie nur gebeten. Aber jetzt im Frühjahr waren die benachbarten Häuser ohnehin noch nicht wieder bezogen, die Bewohner würden erst zu Pfingsten kommen.

Uwe hatte das Boot so geankert, dass er das Haus gut im Blick hatte. Von Zeit zu Zeit nahm er den Feldstecher und schaute durch. Alice saß auf dem Balkon, trank wie jeden Morgen ihren Ingwertee und genoss das traumhafte Wetter: Die Sonne schien, die Vögel tirilierten, sogar die Bienen und vereinzelte Schmetterlinge hatte die sommerliche Temperatur heraus gelockt, die

Welt versprühte Optimismus. Selbst Uwe konnte sich dem Flair des Frühlingstags nicht entziehen und versuchte, die dunklen Gedanken und Befürchtungen aus seinem Kopf zu vertreiben. Aber es wollte ihm nicht gelingen, immer wieder schaute er prüfend zum Haus.

Er wurde unruhig, als er sah, dass Alice aufgestanden war und in ihr Zimmer schaute. Was war da los? War da jemand in ihrem Zimmer? Aufgeregt bewegte sie jetzt ihre Arme und wich bis zur Brüstung zurück. Uwe glaubte ganz kurz eine männliche Gestalt in der Tür zu erblicken, war sich aber nicht sicher, denn im nächsten Moment sah er wieder nur Alice und die stürmte aufgeregt in ihr Zimmer. Da musste etwas nicht stimmen, sonst wäre sie nicht so aufgeregt, das war Uwe klar. Er musste sofort zurück.

Wie üblich sprang der Motor erst beim zweiten Versuch an. Später fragte sich Uwe immer wieder: Was wäre gewesen, wenn der

Motor beim ersten Versuch angesprungen wäre? Hätte ich ihn dann noch rechtzeitig erwischt? Hätte er dann auf Alice oder mich oder uns beide geschossen? Eine Pistole hatte er jedenfalls, denn als er vier Tage später aus dem See gefischt wurde, wurde sie zusammen mit einige Ampullen Morphin in seiner Hosentasche gefunden. Und was wäre gewesen, wenn Alices Vater gleich am Tag seines Todes gefunden worden wäre? Wenn die Ärzte das mit dem Gift früher gewusst hätten? So trieben auch ihn Was-wäre gewesen-wenn-Fragen um.

Erst einmal aber rannte Uwe von der Anlegestelle zum Haus hinauf. Er hatte Alice nicht mehr auf dem Balkon gesehen. Laut rufend stürmte er die Treppen hoch, bekam aber keine Antwort. Alle Zimmertüren standen offen und es herrschte ein wüstes Durcheinander. Die Schubladen waren heraus gerissen und Alices Kleidungsstücke auf dem Boden verstreut. Im Badezimmer hatte jemand alle Fläschchen zu Boden geschmissen. Es stank nach Parfum und Nagellackentferner. Von Alice keine Spur.

Vom Balkon schaute Uwe in den Garten. Vielleicht war sie vor jemanden geflohen und hatte sich dort versteckt. Dann trieb ihn eine Ahnung an die Brüstung und unter dem Balkon sah er sie: Ihr Oberkörper steckte kopfüber in dem Aushub vom Schwimmbadbau, ihre herausragenden Beine waren unnatürlich verdreht.

Laut schreiend hastete Uwe die Treppe runter und tippte gleichzeitig die Notrufnummer ein. Unten hörte er den lauten Knall, mit dem die Haustür ins Schloss fiel. Und er hörte Sonjas Wagen, die gerade mit Friedemann aufs Grundstück fuhr.

Friedemann meinte später, er hätte eine männliche Gestalt gesehen, die zum Nachbargrundstück rüber lief, erkannt hatte er sie aber nicht. Uwe hielt sich nicht mit Erklärungen auf, sondern rannte hinter das

Haus, zu dem Erdhaufen, in dem Alice steckte.

Friedemann und Sonja folgten verstört Uwes panischen Schreien in den Garten. Er grub hektisch mit bloßen Händen, um Alice zu befreien, dabei schrie er ununterbrochen: „Alice, bitte, komm zu dir. Alice, wir sind da. Bitte halte durch. Die Rettung kommt sofort." Irgendwann wimmerte er nur noch.

Friedemann und Sonja kamen ihm zu Hilfe, zu dritt hatten sie die leblose Alice zügig ausgegraben. Sie legten sie auf den Rasen und versuchten, sie zu beatmen. Uwe und Friedemann wechselten sich ab, immer im gleichen Rhythmus. Pumpen, blasen, pumpen, blasen. Sie hörten erst auf, als der Arzt und die Sanitäter eintrafen und übernahmen.

Zwar schlug Alices Herz bald wieder kräftig, aber sie atmete so flach, dass sie ihr eine Sauerstoffmaske anlegten. Der Arzt vermutete einen Herzinfarkt oder einen

Schlaganfall, der sie über die Balkonbrüstung in den Sandhaufen hatte stürzen lassen.

Friedemann fuhr mit ins Krankenhaus, er sprach die ganze Zeit mit Alice. Er wusste nicht, ob sie ihn hörte. Aber er konnte sich nicht vorstellen, dass sie nicht bald wieder fit wäre. Sie war immer gesund gewesen, fast nie einen Schnupfen. Wenn andere niesten und husteten, blieb sie gesund. „Das kommt von meinem morgendlichen Ingwertee, der immunisiert mich", erklärte sie jedem, der es hören oder nicht hören wollte. Was also sollte sie haben? Sicher war es nur eine Kreislaufschwäche gewesen. Wenn sie ihre Diät machte und zu wenig aß, wurde ihr schon manches Mal schwindelig. Vielleicht kann ich Alice später sogar wieder mit nach Hause nehmen?

Sein Optimismus bekam im Krankenhaus einen Dämpfer. Alle hatten es nach ihrer Ankunft eilig, Alice zu versorgen. Sie wurde sofort zur Behandlung weggebracht. Eine

Auskunft, was los war, bekam er nicht. Stunde über Stunde wartete er, bis sie ihm mitteilten, dass sie sie stabilisiert hätten. Mehr könnten sie noch nicht sagen, er solle besser nach Hause fahren.

Niemand hatte da geahnt, dass vier schreckliche Jahre vor ihm liegen würden.

Die Abrechnung

Während die Sanitäter und der Notarzt von einem Unfall ausgingen, hatte Uwe eine andere Vermutung. Als der Rettungswagen weggefahren war, erzählte er Sonja davon: „Wir müssen die Polizei rufen. Das muss untersucht werden. Das war nie und nimmer ein Unfall. Ihr Oberkörper war mit Sand bedeckt, das kann sie nicht allein gemacht haben, außerdem muss jemand in ihrem Zimmer gewesen sein, da ist alles durchsucht worden. Ich vermute, Alices Vater war da und hat ihr das angetan. Ich bin sicher, dass er es war, den ich von See aus in der Balkontür gesehen habe und den Friedemann später über das Nachbargrundstück fliehen sah."

Sonja rief die Polizei, da Uwe nicht dazu in der Lage war, so sehr zitterte er. Sie wusste, Uwe würde nie leichtfertig einen Verdacht äußern.

Für Sonja war es von vornherein klar gewesen, dass der Vater versuchen würde, Alice mehr Geld abzuknöpfen, als sie ihm freiwillig geben wollte. Wenn Alice erst alles ihrem Sohn überschrieben hätte, hätte er keine Chance mehr dazu, er musste also vor dem abgemachten Termin handeln. Vielleicht hätten die 250.000 Euro, die Alice ihm geben wollte, für seine Schulden nicht gereicht.

Es war sehr wahrscheinlich, dass er zwei Tage vor dem Termin erschienen war, um Alice zu etwas zwingen. Er muss genau gewusst haben, dass sie allein im Haus war und niemand ihn so schnell erwischen würde. Und er muss gewusst haben, dass Friedemann heute zurückkehren sollte, und wollte wohl seine letzte Chance wahrnehmen, um an Alices gesamtes Vermögen zu kommen. Vielleicht hatte er sie mit seiner Pistole bedroht, um sie dazu zu bringen, dass sie ihm auch noch das Haus überschrieb. Aber was hatte er geplant, wenn Alice ihm wirklich alles überschrieben hätte? Er konnte sich doch nicht einbilden, dass sie ihn einfach so gehen lassen würde. Er muss also einen Plan gehabt haben, wie er sie beseitigen könnte, ohne dass ein Verdacht auf ihn fallen würde.

Aber irgendetwas muss wohl schief gelaufen sein. Vielleicht hatte sich Alice gewehrt? Uwe hatte Sonja erzählt, dass er noch gesehen hätte, wie Alice wie wild mit den Armen gefuchtelt hatte und gleich darauf ins Zimmer gegangen war. Was war danach passiert? Weil der Motor nicht gleich ansprang, hatte Uwe ja eine Zeitlang das Haus nicht im Blick gehabt. Immer wieder stammelte er: „Ich habe Schuld. Ich hätte sie nicht allein lassen dürfen."

Sonja versuchte ihn zu beruhigen und nahm ihn energisch an die Hand und sagte: „Komm, wir gehen nachsehen. Vielleicht finden wir ja im Haus einen Hinweis auf Alices Vater."

Erst jetzt sahen sie den vollen Umfang der Verwüstung in Alices Räumen. Ganz besonders schlimm sah es am Sekretär aus. Alle Papiere lagen kreuz und quer auf dem Boden. Alle Schubladen, sogar die für die Schreibstifte und Briefmarken, waren raus gerissen und auf dem Boden entleert. Auf dem Balkon war der Tisch umgekippt und das Teeglas zerbrochen. Die Scherben schwammen in einer kleinen Teepfütze. Die Isolierkanne war verbeult, aber heil geblieben. Sonja wollte gerade den Tisch wieder aufrichten, als Uwe sie scharf zurückhielt: „Das muss sich die Polizei ansehen. Vielleicht ist ja Gift im Tee. Dem Schweinehund traue ich alles zu. Und ich sage dir, es war ihr Vater!"

Als beide schon wieder das Zimmer verlassen wollten, sah Sonja die Sonnenbrille. Sie lag auf einem Regal mit Büroordnern, von denen auch einige auf dem Boden lagen. Diese hässliche, dicke Brille mit den schwarzen Gläsern, sofort wussten beide, wem sie gehörte. Im Zimmer hatte er mit den dunklen Gläsern wohl nicht so gut sehen können und die Brille abgelegt. Bei seinem überhasteten Abgang hatte er sie dann vergessen. Sonja hob die Sonnenbrille vorsichtig mit einem Taschentuch auf und nahm sie an sich.

Uwe wollte schon laut protestieren, als Sonja energisch sagte: „Damit haben wir ihn. Ich bin sicher, dass er in zwei Tagen vor der Tür steht und so tut, als wenn er ganz normal kommt, um sich mit seiner Tochter auszusöhnen. Er braucht das Geld und den Scheck konnte er nicht finden, weil er nicht weiß, wo Alices Safe ist. Wir werden uns um ihn kümmern, das sind wir Alice schuldig. Seine Abdrücke, die er hier überall hinterlassen hat, müssen für die Polizei reichen. Aber wer weiß, wie lange es dauert, bis das alles ausgewertet ist. Er darf nicht davon kommen."

Kurz darauf trafen zwei Polizisten ein und wirkten ziemlich desinteressiert, als ihnen Uwe schilderte, was passiert war. „Ach, es ist Alice Giroud, von der hat man ja lange nichts mehr gehört", meinte der Ältere. „Vielleicht ein Selbstmordversuch? Oder nimmt sie Drogen? Das ist ja in Künstlerkreisen weit verbreitet. Na, wir gucken uns das mal an", meinte er jovial. „Kann ja nichts schaden."

Als sie das totale Chaos sahen, sagte der Jüngere zu seinem Kollegen: „Da muss die Spurensicherung her. Das ist eine Nummer zu groß für uns", und zu Uwe gewandt: „Ich glaube, sie haben recht, hier wurde voller Wut etwas gesucht."

„Sage ich ja. Und den Sand kann Frau Giroud auch nicht selbst auf sich gekippt haben und Drogen hat sie nie genommen", empörte sich Uwe.

„Naja, der kann auch nachgerutscht sein, als sie auf den Haufen gefallen ist. Und ich erinnere mich, dass sie mal ein starkes

Alkoholproblem hatte", setzte der Ältere gehässig nach. Der Neid auf den Lebensstil war ihm deutlich am Gesicht abzulesen. Wenn es nach ihm gegangen wäre, hätte er alles als eine Lappalie abgetan. Aber der jüngere Polizist hatte schon bei den Kollegen angerufen und so nahm alles einen geordneten, aber langsamen Gang.

Ein Glück, dass Sonja die Brille an sich genommen hat, dachte Uwe, wer weiß, wann die Polizei mit irgendwelchen Ergebnissen aufwartet. Und tatsächlich erfuhren sie erst nach einer Woche, dass tatsächlich Gift in Alices Tee gewesen war und dass die Fingerabdrücke zu ihrem Vater gehörten. Eine Fahndung nach ihm wurde eingeleitet, aber die war eigentlich überflüssig, denn Sonja, Uwe und Friedemann hatten schon gehandelt, nur wusste das die Polizei nicht und sie würde es auch nie erfahren.

Als Friedemann am nächsten Tag die niederschmetternde Nachricht von den Ärzten bekam, Alice sei ins Koma gefallen, brach er zusammen. Uwe holte ihn vom Krankenhaus ab.

Zuhause klärten sie ihn darüber auf, dass sein Großvater Alice überfallen hatte. Sie überlegten gemeinsam, was genau geschehen sein konnte. Vieles mussten sie sich zusammenreimen, denn wann er sich ins Haus geschlichen hatte, wussten sie nicht. Hineingekommen war er aber sicher über das Nachbargrundstück und durch die offene Terrassentür. Vermutlich hatte er sich schon oben versteckt, als Sonja den Ingwertee auf den Balkontisch stellte. Zu dem Zeitpunkt war Alice im Bad und Sonja hatte ihr nur noch „auf Wiedersehen" zugerufen, woraufhin ihr Alice „Gute Fahrt" wünschte. Er hatte wohl ruhig in seinem Versteck gesessen und abgewartet, bis Uwe auf dem See war, und sich erst gezeigt, nachdem Alice schon eine Tasse Tee getrunken hatte. Dann hatte er sie vermutlich unter Androhung, sie zu erschießen, zwingen wollen, ihm mehr Geld zu geben und das Haus zu überschreiben. Dass Alice sich wehren würde, war nicht in seinem Plan vorgesehen.

Es hat nicht anders gewesen sein können. Sonja und Uwe hatten die Tatsachen und ihre Überlegungen dazu immer wieder durchgesprochen. Immer wieder kamen sie zum gleichen Resultat. Alices Vater war gekommen, um seine Tochter zu ermorden und ihr Vermögen an sich zu reißen.

Friedemann war schnell von dieser Theorie überzeugt, vor allem, nachdem Sonja ihm auch noch erzählte, was bei der Eröffnung des Testaments seiner Urgroßmutter passiert war und was sie von den Tanten über seinen Großvater wussten. Und der Mann, den er bei ihrer Ankunft aufs Nachbargrundstück hatte, verschwinden sehen, hätte natürlich der Großvater sein können.

Und so fassten die drei den Entschluss: Der Mann muss weg! Auf die Erkenntnisse der

Polizei und deren Maßnahmen wollten sie nicht warten.

Aber wenn Sonja geahnt hätte, was für Folgen das für Friedemann haben würde, hätte sie nie dem Plan zugestimmt. Dann wäre sie zur Polizei gegangen und hätte denen die Sonnenbrille gegeben. Vielleicht hätte die Polizei dann auch im Labor Druck gemacht, was die Untersuchung des Tees auf Gift anging. Vielleicht hätte man Alice retten können, wenn die behandelnden Ärzte gewusst hätten, dass Gift im Spiel war und um welches Gift es sich handelte. Das waren die Fragen, denen sie sich später immer wieder stellen musste.

Wie Sonja vorausgesagt hatte, kam Alices Vater am Tag darauf pünktlich zur verabredeten Uhrzeit. Er hatte wieder seinen Rollator dabei und machte auf leicht gebrechlich. Sein Anzug war zerknittert, als wenn er darin geschlafen hätte, und er war unrasiert.

Höflich wurde er von Sonja herein gebeten und über die Terrasse in den Garten geführt. Er wirkte leicht irritiert, versuchte das aber zu überspielen, indem er sich über das schöne Wetter ausließ.

„Ja", wurde ihm von Sonja bestätigt, „deshalb hat Alice sich auch entschlossen, Sie im Teepavillon zu empfangen." Sie führte ihn zum Pavillon. „Alice wird gleich kommen, bitte warten Sie hier", mit diesen Worten ging sie zum Haus zurück.

Der Tisch war mit kostbarem Geschirr gedeckt und mit kleinen Blüten geschmückt. Der Tee wartete auf dem Stövchen. Feine Leckereien, Sandwiches, kleine Kuchen und Erdbeeren standen zum Verzehr bereit. Eine Schale mit dickem Rahm rundete die traditionelle englische Tea-Time ab.

Gierig griff Alices Vater zu und stopfte sich abwechselnd Sandwiches und Kuchen in den Mund. Seine schmierigen Hände wischte er achtlos in seine Hose ab. Unruhig ging er hin und her. „Dann hat sie also überlebt. Auch gut. Dann werde ich jetzt abkassieren und später andere Seiten aufziehen!" Er rülpste laut, ging zur Anrichte und schenkte sich einen Cognac ein, den er in einem Zug hinunter stürzte, um sich gleich noch einmal nachzuschenken.

„So lässt es sich leben. Und ich soll leben wie ein Hund. Das hast Du dir ja fein ausgedacht. Mich mit einem Taschengeld abspeisen. Aber nicht mit mir! Du wirst blechen! Ich will alles! Denk bloß nicht, du kannst mich mit einem Almosen und Kuchen loswerden." Drohend ballte er die Faust in Richtung Haus und klopfte auf seine Hosentasche, um sich zu vergewissern, dass sein Revolver an Ort und Stelle war. Seine Schritte führten ihn zielstrebig wieder zur Anrichte, um sich Cognac nachzuschenken.

„Wann bequemt sich das Luder denn endlich, mich zu empfangen?" stieß er wütend aus. Da entdeckte er sie, sie lag halb verdeckt unter einer Serviette, seine dicke schwarze

Sonnenbrille. „Nein", kreischte er, „wie kommt meine Brille hierher? Verdammter Mist! Ich muss sie oben liegen lassen haben. Aber wieso ist sie hier? Wie kommt sie in den Pavillon?"

Aufgeregt verließ er den Pavillon Richtung Haus. Er schubste und zerrte an seinen Rollator, als wenn er von dem die Lösung seines Problems erwartete. Nach einigen Schritten drehte er wieder um und kehrte in den Pavillon zurück, um sofort mit seinem Gemecker fortzufahren: „Lass die man kommen. Der werde ich was erzählen. Angriff ist immer die beste Verteidigung. Die will mir nur was unterschieben. Aber das lasse ich mir nicht gefallen. Wundern wird sie sich noch. Am Ende bin ich der Sieger." Wütend zerrte er an seinem Schlips.

Friedemann und Uwe beobachteten ihn mit Feldstechern vom Haus aus und hörten ihm zu. Für Uwe als Tonmeister war es ein Leichtes gewesen, ein hochempfindliches

Mikro anzubringen, so dass sie jedes Wort von ihm verstehen und aufzeichnen konnten.

Einige Male hatte Alices Vater wieder den Weg zum Haus eingeschlagen, war aber nach wenigen Schritten doch immer wieder zum Pavillon zurück gekehrt. Die ganze Zeit schimpfte er vor sich hin. „Ich hätte nicht gedacht, dass sie das überlebt. Die Menge Gift und der Sand hätten eigentlich reichen müssen, um sie umzubringen. Aber vielleicht hat sie ja so eine Pferdenatur wie ihre Mutter, die ist auch nicht an dem vielen Alkohol krepiert, den sie gesoffen hat. Und das mit ihrer angeblich sensiblen Gesundheit, mit der sie mich damals auf der Kur eingefangen hat, alles nur gespielt. Die hätte mich glatt überlebt. Naja, musste ich eben nachhelfen. Was sollte ich denn sonst tun? Die hätten mir doch zwei Finger abgehackt, wenn ich nicht bezahlt hätte."

Immer wieder schaute er unruhig zum Haus: „Wann kommt die blöde Kuh endlich?".

Zähneknirschend ging er in den Pavillon und wie durch Zauberei erklang dort plötzlich Alices Stimme. Uwe hatte über Nacht dafür viele Aufnahmen zusammen geschnitten, Lieder und Sprachschnipsel. Wenn sie miteinander gearbeitet hatten, hatten sie oft einfach das Aufnahmegerät mitlaufen lassen, so dass sich auch Gesprächsfetzen darauf befanden, die jetzt für ihren Plan einen guten Dienst hatten leisten können.

Für das Tape hatte Uwe die Sätze „Du bist ein Mörder. Verdammt, das war falsch" mit Musik und Alices Gesang gekoppelt, dann folgte „Lass mich in Ruhe. Das wiederhole nicht noch mal" und wieder Musik und Gesang. Danach ein schreckliches Stöhnen, das Sonja beigetragen hatte, gefolgt von „Ich gehe. Ich spiele nicht mehr mit. Lass mich einfach in Ruhe!", dann die Ballade von Macki Messer aus der „Dreigroschenoper".

Alices Vater war panisch aus dem Pavillon geflohen. Seinen Rollator hatte er beiseite gestoßen, nun rannte er in Richtung Steg. Aber die Musik und die Stimme verfolgten ihn. Er presste seine Hände auf die Ohren, aber die Musik und die Stimme wurden lauter und lauter. Selbst am Ende des Stegs konnte er Alices Stimme nicht entkommen.

Langsam, aber unaufhaltsam näherten sich ihm Friedemann und Uwe nun. Friedemann zog den Rollator hinter sich her. Verzweifelt suchte Alices Vater einen Ausweg. Aber es gab keinen, es gab nur das Wasser. Es gab auch niemanden, der seine Hilferufe hätte hören können, denn erstens waren um diese Jahreszeit die Häuser nicht bewohnt und zweitens wurde sein Geschrei von der Musik übertönt. Laute Musik kam bei der verrückten Künstlerin gelegentlich vor, dabei würde sich niemand etwas denken. Als er einsah, dass er auf verlorenen Posten war, verlegte er sich auf wüste Beschimpfungen. Als wenn er dachte, wenn ich schon gehen muss, will ich noch mal alles raus lassen.

An Friedemann gingen die gemeinen Anwürfe komplett vorbei. Er sah nur Alices Mörder vor sich und wurde immer schneller. Zum Schluss rannte er und schubste seinen Großvater, der diesen Namen nicht verdiente, mit großer Kraft in den See. Gleich danach sprang er selber hinterher und drückte den Großvater sofort wieder unter Wasser, als er wieder hochkam. Er dachte nicht mehr, er drückte nur noch. Plötzlich wurde er von Uwe zur Seite geschubst. „Aus dem Wasser! Verschwinde! Los!", schrie Uwe ihn an und drückte seinerseits den Großvater runter, der immer noch um sich schlug.

Friedemann beobachtete vom Steg aus, wie das Zappeln langsam nachließ und Uwe nicht mehr drückte. Die Musik war schon seit einiger Zeit verstummt, Sonja hatte das Tape abgestellt, nachdem Alices Vater im Wasser war, es hatte sein Zweck erfüllt.

„Hol den Rollator", befahl Uwe Friedemann, „und leg ihn ins Boot." Als er mit dem Rollator zurückkam, hatte Uwe den Großvater schon ins Boot gehievt. „Ich werde heute Abend zum Fischen raus fahren", sagte Uwe auf Friedemanns fragenden Blick.

Erst vier Tage später wurde Alices Vater gefunden. Er hatte eine Pistole und Morphinampullen bei sich. Bei der Blutuntersuchung wurde festgestellt, dass er kein Morphin im Blut hatte, im Gegensatz zu seiner Tochter Alice. Auch im Tee fand sich Morphin und wenn sie nur ein Glas mehr davon getrunken hätte, wäre sie tot gewesen und ihr Vater hätte leicht damit durchkommen können, dass sie Selbstmord verübt hatte. Stattdessen ging die Polizei jetzt davon aus, dass ihr Vater versucht hatte, seine Tochter umzubringen, und dann nach dem missglückten Anschlag auf seine Tochter Suizid begangen hatte.

Die Heimkehr

Auch Friedemann gehen während der Zugfahrt viele Gedanken durch den Kopf. Er erinnert sich, dass er von dem Tag an, an dem sie Alices Mörder der gerechten Strafe zugeführt hatten, nicht mehr derselbe gewesen war. Er konnte nicht mehr essen und blieb nur noch auf seinem Zimmer. Er sprach nicht mehr und reagierte auch nicht, wenn Sonja ihn ansprach. Er weigerte sich, aus dem Haus zu gehen, noch nicht einmal in den Garten setzte er einen Fuß. „Ich kann nicht," sagte er zu Sonja, „ich schaffe keinen Schritt nach draußen. Ich höre immer noch ihre Stimme und die Musik." Das blieb so, bis diese Klänge später von den beiden anderen Stimmen abgelöst wurden, die ihn lange Zeit quälten.

Sonja und Uwe waren völlig ratlos und pflegten ihn wie ein Baby. Er sprach nie über

Alice. Alles, womit er sich hätte verletzen
können, wurde von ihm fern gehalten, da sie
Angst hatten, er würde sich was antun. Aber
Friedemann war so in sich gefangen, dass er
noch nicht einmal daran dachte. Erst die
Amsel sollte ihn nach zwei Jahren aus seiner
Schockstarre befreien. Die Erinnerungen sind
immer noch sehr bedrückend. Was für ein
wunderbares Leben hätten sie führen können,
wenn es nicht diesen durch und durch
verdorbenen Menschen gegeben hätte. Der
heutige Tag hat ihm zurück gebracht, was seit
damals verschüttet war. Endlich fühlt er sich
wieder ganz, endlich kann er mit der
Vergangenheit abschließen, endlich kann er
nach vorne schauen. Er fühlt, dass er erlöst
ist.

Epilog

Es ist spät am Abend, als das Taxi Sonja und Friedemann vor dem hell erleuchteten Haus am Starnberger See absetzt.

Friedemann hatte während der Zugfahrt gespürt, dass Sonja vieles auf der Seele lag. Er hatte sie nur still in den Arm genommen und gesagt: „Wir sind besser als eine Familie, unsere Herzen gehören zusammen. Ich weiß, was ich Uwe zu verdanken habe, und werde das nie vergessen. Wir reden darüber, wenn wir zu Hause sind."

Uwe kommt ihnen mit weit ausgebreiteten Armen und Tränen in den Augen entgegen. Friedemann umarmt ihn innig und nimmt dann seine Hände: „Uwe, ich weiß, dass ich mich bei dir bedanken muss für das, was Du für mich getan hast. Wie ihr wisst, war ich ja seit unserer Abrechnung mit dem Schweinehund nicht mehr ich selbst. Jetzt kann ich endlich

Danke sagen. Es gibt keine zankenden Stimmen mehr in meinem Kopf, die mich in Panik versetzten. Nachdem ich Alice erlöst habe, kann ich die Vergangenheit akzeptieren und auch darüber sprechen.

Uwe, ich bin dir unendlich dankbar, dass Du mich damals zurückgerissen hast. Ich hatte den Mistkerl schon am Hals und hätte ihn in meiner Wut erwürgt. Noch heute würde ich dafür im Gefängnis sitzen, so konnte durch dein Eingreifen sein Tod als Selbstmord durchgehen."

Langsam gehen die drei ins Haus, immer wieder umarmen sie sich und drücken einander die Hände. Es sind stille Versprechen, keiner muss es laut aussprechen, die drei wissen, was sie aneinander haben.

„Uwe, bitte, Du darfst dir keine Gedanken mehr machen. Du weißt genau so gut wie ich, dass wir das Richtige getan haben. Dieser Mensch verdiente es nicht anders. Er war ja nicht nur für den Tod von Alice verantwortlich, sondern auch für den seiner Frau. Er hatte sie umgebracht und wurde nicht dafür bestraft, weil meine Urgroßmutter es nicht übers Herz brachte, ihren eigenen Sohn anzuzeigen."

„Natürlich hatte er den Tod verdient, Friedemann. Damals hat es mich auch nicht belastet, es war so klar, dass es sein musste. Nur später hat es doch meine Seele belastet und mich bedrückt. Jetzt, wo Du wieder zurück bist und ich weiß, wie Du zu mir stehst, kann ich die Last leichter tragen. Du hast Recht, wir sind eine Familie."

Sonja hat inzwischen die beiden in die große Wohnküche geschoben und versucht energisch zu reagieren, in dem sie sagt: „So, nun setzt euch, ich mache uns was zu Essen."

Aber dann kann sie vor Schluchzen nicht mehr weiter und stammelt: „Ich habe damals vom Haus alles beobachtet und gebetet, dass Uwe eingreift. Denn dein Leben, Friedemann, sollte nicht mit einem Mord belastet werden.

Du warst noch so jung. Und es war so, als hätte Uwe meine Gedanken gehört."

Alle drei sitzen jetzt auf der Bank, Sonja und Uwe haben Friedemann in die Mitte genommen. Der kann seine Tränen nicht mehr zurück halten und er legte seine Arme um die beiden. „Jetzt müsst ihr euch keine Sorgen mehr machen. Ich habe den Weg durch euch zurück ins Leben gefunden. Ich bin innerlich stark geworden, so stark, dass ich wieder in diesem Haus wohnen kann.

Auf der Fahrt habe ich mit überlegt, dass auf dem Platz, an dem Alice das Schwimmbad gebaut haben wollte, Schmetterlingsflieder gepflanzt werden soll. Den liebte sie so, und wenn der Flieder blüht und die Schmetterlinge ihn umtanzen, stelle ich mir vor, Alice ist bei uns und schaut zu.

Und wir werden wieder Teenachmittage im Pavillon haben und die Amsel wird dazu singen. Vielleicht kommen ja auch die Tanten zu Besuch und deine Verwandten, Sonni. Und

Rosa und Pierre, meine Freunde aus dem Café, müssen unbedingt ihren Urlaub bei mir verbringen. Ich werde ein fröhliches, offenes Haus führen, genauso, wie Alice es getan hätte. Für all das brauche ich euch als meine Seeleneltern.

Nie wieder werde ich zulassen, dass sich die Stimmen in meinem Kopf zanken. Durch euch bin ich jetzt stark. Endlich kann ich auch meinen Namen Friedemann akzeptieren.

Ja, ich bin Friedemann!
Friedemann Schönermann!

Zur Autorin

Das Funkeln eines Schmuckstücks kommt oft aus einem kaum bemerkten Detail. Diese Erkenntnis hat Rena Brauné aus ihrem Beruf als Schmuckdesignerin in ihre Lust des Schreibens mitgenommen. In Portugal begann es, als sie und ihr Mann von der Schönheit eines abgelegenen Tals so begeistert waren, dass sie dort sechzehn Jahre ihres Lebens verbrachten. Hier entwickelte sich ihre Leidenschaft für das Schreiben. Mittlerweile lebt Rena Brauné in Norderstedt – und schreibt zur Freude ihrer Leser*innen immer noch!

Informationen zu den bisher erschienenen Büchern von Rena Brauné finden Sie auf den nächsten Seiten.

Danke

Ich möchte mich bei meiner liebsten Ratgeberin und Kritikerin Susanne bedanken. Sie leidet, genauso wie ich, mit meinen Romanfiguren. Mein Dank geht auch an meinen Ehemann Armin, der sich meine Texte in allen Phasen der Entstehung geduldig anhört und mit Kommentaren und Ratschlägen nicht spart. Außerdem geht mein Dank an meine treuen Leserinnen und Leser, ohne sie hätte ich nur halb so viel Freude am Schreiben.

Rena Brauné

Zuviel ist tödlich

Kadera-Verlag, 2018
188 S., € 9,99
ISBN 978-3-944459-78-3

Zwölf Geschichten von der Schattenseite des Lebens. Ein einziger Tropfen - und das Fass läuft über. Zwar gibt es immer eine Lösung, aber manchmal ist es besser, wenn niemand anderes davon erfährt.

Das Gesetz der Familie

Kadera-Verlag, 2019
248 S., € 14,00
ISBN 978-3-948218-02-7

Geschichten von Familien, die gemeinsam stark sind. Auch dann, wenn Unerträgliches geschieht: ‚Fremdkörper' werden einfach eliminiert, nicht immer auf die freundliche Art.

Ein gefährlicher Freund

BoD, 2020
156 S., € 9,99
ISBN 978-3-7504-5115-5

Das Leben des Schriftstellers und seiner Familie, von dem erzählt wird, ist unkonventionell. Wie gehen andere Menschen damit um? Wie geht der Schriftsteller mit Feinden um?

Schatten der Vergangenheit

BoD, 2020
249 S., € 9,99
ISBN 978-3-7526-0744-4

Was als Hilfsaktion für eine psychisch kranke Nachbarin begann, mündet für alle Beteiligten in einer Katastrophe, die Jahre nach dem Tod jener Frau weiteres Unheil nach sich zieht.

Gefährliche Lebenslügen

BoD, 2021
280 S., € 9,99
ISBN 978-3-7534-5964-6

Etwas zu verschweigen, ist das schon eine Lüge? Das Verdrehen der Wahrheit? Durch beides kann jedenfalls großes Unheil entstehen, das schlimmstenfalls in Mord mündet.